北方往事系列

地下的森林

孙频 著

江苏凤凰文艺出版社

图书在版编目（CIP）数据

地下的森林 / 孙频著. -- 南京：江苏凤凰文艺出版社, 2025.6. -- ISBN 978-7-5594-9583-9

Ⅰ.Ⅰ247.5

中国国家版本馆CIP数据核字第2025EA4587号

地下的森林

孙频 著

出 版 人	张在健
责任编辑	胡 泊 孙建兵
责任印制	杨 丹
出版发行	江苏凤凰文艺出版社
	南京市中央路165号，邮编：210009
网 址	http://www.jswenyi.com
印 刷	徐州绪权印刷有限公司
开 本	787毫米×1092毫米 1/32
印 张	5
字 数	58千字
版 次	2025年6月第1版
印 次	2025年6月第1次印刷
书 号	ISBN 978-7-5594-9583-9
定 价	42.00元

江苏凤凰文艺版图书凡印刷、装订错误，可向出版社调换，联系电话：025-83280257

目 录
contents

1	001
2	020
3	035
4	052
5	066
6	083
7	106
8	120
9	133

1

有一段时间，我总是想住到梦中，就像急于要躲进脚下的影子里，躲进一种逼真的不存在里。所以我把很多时间都用在了睡觉上。奇怪的是，我在梦中遇到的自己永远是个孩子，是我把他封存在那里的，以至于他一直都没有来得及长大。被我一起封存在那里的，还有黑色的煤城和总是骑着加重自行车的张云飞，张云飞比我大四岁，是我的哥哥。

整个梦境像一座巨大的黑白建筑，黑色

的煤城在梦境里不停地生长,尖顶刺破乌黑的天空,充满了哥特式的阴郁与恐怖。张云飞黑色的加重自行车,黑色的指甲缝,还有背在我们身上的黑色的煤袋,只有我们的牙齿和眼白是白色的,寒瘦、孤独的白。梦中的一切都是黑白的,尽管我后来知道,黑白其实是卧在中式艺术里的骨架,但我还是本能地对黑白感到厌恶和畏惧。也许是因为我在其中浸染得太久太深,以至于在离开煤城之后的很多年里,无论穿什么衣服,我都觉得自己是没有颜色的。我也是黑白的。

在梦中,张云飞使劲踩着那辆黑色的自行车,我坐在自行车后座上,怀里抱着一只黑色的煤袋。我们在追一辆轰隆隆远去的运煤车,因为运煤车经过的地方,沿途总会漏下一些煤块,每当看到路边撒落的煤块,我便跳下自行车,像捡宝一样,把煤块捡到煤袋里。整条路铺满厚厚的煤灰,一跳下去,两只脚立刻会被吞噬掉,就像铺着一层黑色的雪，还会腾起黑色的烟雾，把我包裹在其中。连路两边的野草和杨树都是黑色的，以至于我小的时候，以为所有的杨树都是黑色的，黑色的树干上睁着一只只黑色的眼睛，在白天都显得像一群鬼魅，一群被困在煤城的鬼魅。冬天，当白色的雪落在运煤路上，落在黑色的杨树枝上，广阔丰腴的黑色中又露出一点枯瘦的白。即使是再盛大再辉煌的白雪，也无法掩盖住煤城里原始而悠久的黑暗。

在冬天，捡煤块这件事就会变得尤为重要，因为我们全家人都要靠这些煤块来取暖和做饭。我们总是一放学就出去捡煤块，除了捡煤块，张云飞还会带着我去垃圾堆上捡废纸，只要上面有字的东西他都会捡，旧书、旧报纸、旧作业本、废纸团，甚至是上面印着字的油乎乎的包装纸，或是用过的卫生纸。他不会放过任何一个字。有时候我觉得我们其实不是在捡废纸，而是来搭救这些

字的，我们从最污秽最肮脏的角落里把一个个微小瘦弱的字抠出来再捡起来，这种神圣感冲淡了捡破烂这件事本身的污浊与不堪，以至于我们在垃圾堆上翻来翻去的时候，并没有觉得太丢脸。每次当别的小孩跑过来嘲笑我们、围观我们，甚至朝我们扔石头的时候，我们也没有被欺凌和羞辱的感觉，照捡不误。

我从来没有见过像张云飞一样嗜字如命的人，他试图把世上的每一个字都解救出来，擦亮它们，收养它们，让它们住在神龛里，住在离自己最近的地方。我觉得他甚至都不需要吃饭，只靠着吃字就能活下去，只要能看到字，他便什么都不怕，什么苦都可以吃。他在烧火的时候看书，吃饭的时候看书，走路的时候看书，他甚至发明了很多随身携带字的办法，比如把书拆成活页的，每天上学的时候就装两页在口袋里，上学放学的路上看。他还会把看到的一段话抄在手心里，中午和面的时候，手心里的那些字又会被印刷到雪白的面团上，他一边和面一边读，那些字在被印刷成雏形的同时便又湮灭了。我俩睡的是简陋的上下铺，他睡下铺，他在他头顶的床板上糊满报纸，晚上躺在床上便开始读那些报纸，以至于我总觉得自己不是睡在上铺，而是睡在一只用报纸糊成的纸船里，而张云飞则永远像儒艮一样，沉在那个水下的世界里看着我的船底，偶尔浮到水面上，悄悄呼吸一口新鲜空气。

后来，他收养的那些字渐渐长大，有的竟长成了长长短短的句子，我终于认出来了，那是诗。那些诗，像一种朝生夕死的植物，悄然生长在他头顶的床板上、桌子上、父亲的中药袋上、用完的作业本的反面、门口的黄土堆上。那些字的颜色也一直在变化，如变色龙一般，有的是蓝黑色的钢笔字，有的是白色的粉笔字，有的是黑色的碳字，还有的是透明的水字。那些字，有的很

快被母亲用抹布擦掉了，有的迅速蒸发了，有的被拿去生火了，烧成了一抔小小的骨灰，有的被新报纸掩埋了，还有的，一夜之间被风踩平了。

梦并非平坦之物，有平川、高山、暗流，有阴森深邃的海沟，甚至还有梦冢，那是梦里的最黑暗所在，属于梦中之梦，埋葬着一些不愿被主人碰到也无法丢弃的记忆。我的梦冢里深埋着父亲尘肺病晚期的呼吸声。埋着张云飞辍学，顶替父亲开始下井的那天。埋着2014年西花矿的那场瓦斯大爆炸，十名矿工在井下被炸得粉碎，其中就包括张云飞。埋着我从一所传媒学院毕业以后，便迷上了电影，一心要做导演自己来拍电影，后来因为实在找不到投资，我最终动用了张云飞留给家里的那笔两百万的赔偿金，还借了一笔钱，孤注一掷，结果却是票房惨败，血本无归。

当我再次走进煤城的时候，竟有些怀

疑，自己是又一次踏进了从前的那些梦境，和以往的无数次梦境一样，我再次掉进了那个黑白的世界里。但与以往不同的是，这次安静了很多，洗煤的声音、矿车的声音、筒仓里运煤的声音好像忽然被什么更庞大的东西吸走了，只剩下一种喑哑荒凉的寂静。曾经那种吞噬一切的黑色已收起獠牙，不再如昔日一般凶猛巨大，但是，仅有的一点点白色也在消亡，就连矿工们昔日在黑暗中绽露的白森森的牙齿和眼白也被什么抽走了。剩下的是一种广漠虚空无边无际的灰色，像走到了世界尽头。

  矿区是由五座煤矿组合而成的，这五座煤矿犬牙交错，又衍生出一个小镇，这就是"煤城"。在远古的时候，大概没人会想到，荒凉枯肃的黄土下面竟流淌着丰饶的黑色血液，这说明，在亿万年前，黄土高原曾经是无边的森林。直到二十世纪八十年代，黄土下的黑金才被人发现，于是，煤矿一座接一

座地在这里被建起来了。

在煤城可以看到灰蒙蒙的办公楼、调度楼、班前会议楼、澡堂、库房、煤仓、瓦斯气罐、工人文化宫，还罗列着一栋一栋像盒子一样的家属楼，这些建于二十世纪八十年代的家属楼如今都已经破旧不堪了。西边有一座小山，依稀可见一条小径一直通向山顶。我站在山下，久久看着那条小径，那小径是我们当年一步一步踩出来的，因为，我们一家四口以前住的房子就卧在那山顶上，是两间摇摇欲坠的红砖房。山顶上曾经有一片棚户区，多是木板房和红砖房，里面住的都是招工到矿区来的第一代矿工。如今那片棚户区已经消失了，取而代之的是一座八角凉亭孤坐在山顶上。

母亲是三年前去世的，而作为煤城第一代矿工的父亲，七年前就已经死于尘肺病了。就在父亲去世的前一年，张云飞死于那次西花矿瓦斯爆炸事故。我去他们的坟地看了看，虽已是早春，但黄土高原上的雪尚未化尽，坟墓都是向阳的一面无雪，背阴的一面有雪，看上去一半是白的，一半是黑的，那个黑白的世界一直在萎缩、萎缩，萎缩在梦里，萎缩成几座小小的坟。我坐在三座坟前，开了一瓶老白汾，给每座坟前倒了些，剩下的我一仰脖子，自己喝光了。我们拼凑成了一家人，我坐在白色的雪地里，父母躺在漆黑的地下，而张云飞至今还躺在一千多米深的矿洞里，因为尸体在事故中被炸碎了，即使找到一只手，也不知道那只手到底是哪个矿工的，只能在他的坟里放几件他穿过的衣服。终究逃不过那个黑与白的世界，无论生死。

　　从坟地出来，我继续在煤城里游荡。前几年因为西花矿、青沿矿、马川矿的煤炭资源已经陆续采枯，这几座煤矿都已经停产了，至于矿上的矿工，一部分被分流到别的矿上，一部分下岗，下岗之后又不得不外出

谋生。正是因为很多矿工搬走了,所以煤城看起来一下变得空荡荡的,剩下的都是一些不愿搬走的老矿工和他们的老伴。这些提着茶杯到处游荡的老矿工,很少能看到囫囵的,有的少了一只胳膊,没胳膊的那只袖管轻飘飘的,有点像唱戏的水袖,有的缺了一条腿,就把那只空裤管打了个结,然后撑着拐杖,用一条腿蹦来蹦去,居然也没少走路。有的只有一只眼睛,还有的只有一只耳朵。以前听父亲讲过,有的矿工在冬天的时候不停地挖煤,耳朵冻掉都不知道,回到生火的屋里暖和了半天才发现,头上好像少了什么东西,一摸,耳朵什么时候少了一只。

家属楼前面摆着各种稀奇古怪的席位,让人忍不住联想到群魔开会的场面。有的是砖头砌的砖椅,有的是矿工们亲手打的木椅,有的是废弃的旧沙发,有的是倒扣的花盆,还有的是破了一面的鼓。有时候这里座无虚席,全是缺胳膊少腿的老人们,也许八个老人只有九条腿。我看到一个年轻的矿工正四仰八叉地躺在破沙发上晒太阳,走近了才发现,他也只有一只胳膊。虽然天气还没有回暖,他却已经穿起了半袖,好像迫不及待地要展览他的残肢。我给他递过去一根烟,问,井下断的?他盯着我的胳膊狠狠剜了一眼,用左手接过烟,我帮他点着,他大摇大摆地吸了一口,然后答非所问地说,昨儿黑夜我又梦见我的胳膊长出来了,囫囵的一只胳膊,和以前一模一样,我现在不管白天黑夜,就想睡觉,一睡着,就梦见我的胳膊又长出来了,和壁虎的尾巴一样,又长出囫囵的来了。

我不忍再看他,继续往前走。前面的楼下有两个黑乎乎的老头正在下棋,脸是黑的,头发却是雪白的,旁边还围观着几个和他们一样黑的老头,像一群头顶白雪专心做游戏的非洲老头。倒不是他们常年不洗脸,是煤屑已经文在他们脸上了,我父亲就这

样，白色的身体上嫁接了一颗黑色的头，像熊猫的变种。我立在旁边看了一会儿，忽然发现，两个下棋的老头居然各自缺了一根手指，而且都是小拇指，齐整得像一对用刀刻出来的孪生兄弟。

我又想起小时候听说过的故事，有一段时间，矿工们发现了一个发财的秘密，他们在井下把自己的一根手指故意用采煤机压断，然后向矿上索赔，一根指头五万块，价格一经标出，很多矿工的指头在一夜之间断了，而且断的基本是小拇指，因为小拇指最不会影响到干活。我看着这些黑白相间的老矿工，他们在井下采了一辈子煤，大部分时间都生活在漆黑的地下，早就习惯了黑暗，所以他们到死都不愿离开黑乎乎的煤城，要是让他们迁往南方那些到处是绿树和鲜花的地方，他们也没法适应。忽然看到那么多颜色，他们会觉得害怕，甚至会想着再缩回到地下去。

一圈溜达下来，我发现如今住在煤城里的，不光是那些退休的老矿工，居然还住着一些二三十岁的年轻人，而且这些年轻人一看就不是矿区长大的孩子，应该是外来的。我心中不禁疑惑，难道现在流行风潮又变了？从当年进军北上广到后来逃离北上广，从逃出县城到逃回县城，难道现在又流行逃到废弃矿区来了？四下里一打听才知道，这些年轻人果然都是外地人，基本上是觉得自个儿实在"卷"不动了，便主动从大城市里逃逸出来，又不想逃回故乡被熟人围观失败，便想着逃到一个既陌生房价又便宜的地方，结果世界上还真有这样的地方。他们发现了废弃的矿区。

随着煤矿采完，矿工们被分流到别处，矿区的很多住房会闲置下来，其中一部分会被主人以白菜价处理掉。我看到很多空置的房门前都贴着出售的字样，上面写着，60平方米两室一厅售价三万，或是，90平方米

三室一厅售价八万。我被惊到了，一套房子三万块，这是真正的白菜价啊。不过，谁会跑到一个废弃的矿区来买房呢？还真有，就是那些从大城市里逃逸出来的年轻人。他们变成了一族最新鲜的流亡者，在大城市和故乡之外，硬是挖掘出了第三个世界。

我正在看那些卖房广告，一个年轻女孩从破旧的楼门里钻了出来，穿着还挺时尚，和这里格格不入，我一时有些恍惚，感觉像从荒僻的山洞里忽然钻出了一只俏皮的小狐狸。小狐狸手里牵着一只狗，肩上还卧着一只猫，朝煤城唯一的菜市场走去。出于好奇，再加上无聊，我便有些猥琐地尾随而去，只见她精挑细选了一些菜，但都是孤品，一颗土豆，一棵青菜，一只蘑菇。我实在忍不住好奇了，便凑过去搭讪。

"这是准备吃啥？""火锅。""一个人也能吃火锅？""我天天一个人吃火锅。""你是外地人吧，在这买房了？房子多少钱买的？""房子五万，装修一万，一共花了六万。""你住在这地方怎么挣钱呢，总不能去挖煤吧？""先躺着，把积蓄花完再说。"

菜市场旁边有家面馆，开了很多年了，始终不曾长开，一直小如田螺，门和窗都是袖珍的，进门需要猫腰，再矮的人走进去的时候都感觉自己像个巨人。然而，里面的田螺姑娘居然是一位体型臃肿肥硕的老妇人，也不知道田螺壳是怎么把她装进去的。读高中的时候，我每周都要去她的面馆吃碗桃花面解馋，她便把我认下了。

看看时间已到中午，我便决定进去吃碗面，以前矿区有四五家面馆，现在，硕果仅存的就这一家了。进去一看，田螺老太还像以前一样肥硕，满月大脸上长着一对圆溜溜的猫眼，还系着那条油腻腻的大围裙，大围裙上还缝着个大口袋。她做面又奇快，经常是话音刚落就做好了，让我感觉一碗碗面都是从那大口袋里变出来的，一只年老的机器

猫。田螺老太眯起一双猫眼,认出是我,立刻惊叫道,是二飞吧?这是从北京回来的?我点点头,说,一碗桃花面,一碟拍黄瓜。

话音刚落,面就变出来了,她还给我多放了两只肉丸子,毕竟是矿上的子弟。我倒好面汤,夹几块腊八蒜,正埋头吃面,进来一个瘦瘦的年轻人,长着两条和他不相称的浓眉,也坐下吃面,吃面的时候他把一台索尼FX30电影机小心翼翼放在了桌子上,我瞟了一眼,镜头用的索尼大三元二代变焦镜头。装备还凑合。

没想到在一个废弃的矿区里还能遇到自己的同类,我心里多少有些暖融融的,但一想到自己那部血本无归的电影,甚至花光了张云飞拿命换来的赔偿金,我便没有任何欲望再和人谈论电影。以前我总是口口声声告诉别人,电影是最牛X的艺术。言外之意,我是在告诉别人,我就是个艺术家。披着这层外衣,别人也挺把我当回事。如今,连那个卖给我版权的女作家都把我拉黑了，她原来对我一口一个张老师地称呼，近乎讨好的殷勤让我不由得生出一种优越感来。我觉得这些作家都不够清高，也很讨厌寂寞，一个个急吼吼地想把自己的小说拍成电影，作家难道不应该清高一点吗？转而又觉得好笑，如今我是被艺术和商业双重驱逐的丧家之犬，又有什么资格去评论人家。我嚼完一瓣蒜，喝下一大口面汤，痛快地想，拉黑得好，活该。

没想到坐在我对面的年轻人竟主动和我搭讪，他身上有一种显而易见的寂寞，显然，他憋坏了，很想和人说说话。他说，老哥你是干吗的？挺斯文一个人，看样子不像是矿工嘛。又主动说他大学是学电影的，来这儿租房，一来是房租便宜，二来是为了能拍出一部关于矿区的独立纪录片，说不定以后能获什么大奖呢，有了奖金之后，他就可以随心所欲拍他的下一部电影了。听他的口

气,好像奖金已经十拿九稳到手了。我没接这个茬,却转向了另一个话题,你在这租房多少钱一个月?

他差点笑出声来,以主人的姿态俯视着我,说,看来你是刚来的吧,你可能还不知道,这里的房子都没人住,所以便宜得吓人,哥们儿我租了一套两居室,一个月房租一百块,当年在北京混的时候,一个月三千,就住在一间几平方米的储物间里,连门都没有,还得每天从窗户爬进爬出,搞得快返祖成类人猿了。哥们儿好歹是从文明社会出来的,房租再便宜,也得讲究契约精神,房租肯定得按时付,你去看看,有几个不知从哪来的流浪汉,也不租房,也不和人家主人打声招呼,看哪套房子空着,把锁一撬,直接就住进去了,野蛮是野蛮一点,但住进去一年了愣是没人管,和自己的房子也没啥区别嘛。老哥,你要是遇到了什么麻烦,经济上周转不开的话,不妨也撬开它一套,直接住进去得了。

我心想,母亲去世后,幸亏我没想过把空房子租出去,不然一个月房租一百块,还不如让流浪汉白住了。当年山顶上的棚户区拆掉后,矿上就给我家分了一套六十多平方米的两室一厅,母亲也去世后,那套房子就一直空着。没想到,再回来还能有个落脚的地方,这大概也是世上唯一能收留我的地方了。

我决定在矿区住段时间,趁机去寻找那些诗歌的主人,这才是我此番回来的真正目的。

2

离煤城十公里开外坐落着一座县城,因为离得近,县城和矿区便多有来往,我曾在一次过年时和县文联的人吃过饭,大约酒后曾吹嘘过自己正在拍电影,我忘了自己有没有说过更丢人的话,比如我要做中国的锡兰。反正在那之后,他们便一直给我寄一份县文联办的文学刊物,因为是家乡来的刊物,情感上自是不同,我每次都会从头翻到尾。

那天,我在翻他们新寄来的刊物时,忽

然读到一组写煤矿的诗。

1

对于煤矿工人

哪有什么明天

只有天明

2

在井下

如果矿灯坏了

风就是我们出去的路

道理谁都懂

但谁又能出得去呢

3

在煤矿

我们的命

大概抵不过

一汽车煤的价格

4

在矿洞里

是龙你得盘着

是虎你得卧着

是人你得跪着

5

煤仓的给煤机

有时候吐矸

有时候吐铁疙瘩

有时候人

会被当作煤吐出来

6

井下的冬雨一直很小心地下着

我在井下用风筒布裹紧自己

靠着水仓的开关坐

想起我小的时候

和父亲围坐在炉火旁

那时,父亲还很年轻

  这些诗让我觉得似曾相识,尤其是最后一首,我印象太深刻了。再一想,这好像都是张云飞以前写的诗。张云飞曾在地下两千多米的地方看过水仓，水仓就是在井下最低点修的硐室，用来储存地下涌水和工业废水，所以看水仓的工人都待在离地面最远的地底下。他说水仓多在井底下的"无人区"，下了猴车，还要独自在巷道里步行几公里，离他最近的工友都在两三公里以外。有一次张云飞在电话里告诉我，他每次都是最后一个升井，别人都已经上井洗完澡吃完饭了，他才最后一个升井，如果赶不上人车了，他就背着四五十斤的装备，步行一个半小时上井。我问他是不是那个水仓实在太深了，所以总是赶不上车。他在电话里沉默了一会儿，说，不是，是他放弃反抗了，反正已经是在最深的地底下了，再坏又能坏到哪里去，总不至于再把他打发到地底下四千米的地方，那里的温度是135度，会把一切熔掉，连骨灰都不留。已经到底了，就没什么可怕的了，赶不上车就赶不上，什么时候上

去算什么时候。

那时候我已经上大学了,我在上大学,而他在下井,我的学费还是他下井挣的钱。这让我觉得在他面前有一种欠债的感觉,很怕和他联系,但他隔段时间就要把电话打到我宿舍。后来,我越来越害怕接到他的电话,每天晚上都要磨蹭到熄灯以后才敢回宿舍睡觉。有时候熄灯之后,他还是会把电话打进来,听到电话响,我都会吓得一哆嗦,连忙让室友对着电话说我不在。后来他渐渐不打电话了,却开始给我写信,每封信里都夹着他新写的诗。

他在地下看水仓的那两年里写了很多诗,每次下井的时候,他都会把本子和笔带在身上,所以那些诗都是在地下两千米的深处写出来的。他会把写好的诗抄一遍寄给我。当我穿过那条林荫路回宿舍的时候,或者当我在篮球场上打篮球的时候,甚至当我坐在图书馆里看书的时候,我总是会不自觉地盯着自己脚下看，因为我知道在自己脚下八百米甚至两千米的地方还有活人，张云飞就在那里。我和他之间的距离不是水平的，而是垂直的，我在那个白的世界里，他在那个黑的世界里，或者说，我在阳间，而他在阴间，早在他死之前，阴阳两隔的游戏我们就已经彩排了一遍又一遍。而我的学费也是他挖煤换来的，这又让我觉得，自己花的每一分钱都是来自阴间的冥币。

　　无论我在做什么，只要想到张云飞像种子一样被埋在我脚下两千米的黑暗中，我就会觉得不安，觉得羞愧，我希望这个黑与白的世界能像沙漏一样颠倒过来，那样，我就成了被埋在白色世界里的那个人，而黑色的世界则站立在我头顶，他就在其中。但这两个世界从不曾颠倒，黑色的世界里永远只装着煤炭、种子、棺材、矿工、死亡，而白色的世界里则装满了各种绚烂的色彩和绚烂的苦难。他给我寄来的那些诗，又像是地下

的种子发芽后长出的枝叶，甚至是开出的花朵，带着地底下的阴森，又诡异又灿烂，还散发着一层磷火般的冷光。尽管我十分害怕看到那些来自地底下的诗，但我还是把他的每一首诗都读完了。读的时候，我甚至有些迷恋那种夹杂着疼痛的快感，好像我终于暂时地报复了我自己。

直到有一天，张云飞像颗真正的种子一样沉睡在了地下，尽管他变成了真正的种子，但他那些阴森绚烂的枝叶和花朵却再也没有长出来。我记得井下发生瓦斯爆炸的那天，几个遇难矿工的家属都围在井口哭号，其中也包括我的父母亲，第二天他们还在继续哭，到第三天，哭声变得稀稀落落的了，到第四天的时候，已经基本上听不到哭声了。所有的家属都在冷静地和矿上谈价格，是公了还是私了，公了的话一条人命一百万，私了的话两百万甚至更多，但以后不管什么人问起死因，都要说是自己病死的，与矿上没有一毛钱关系，于是，一起矿难凭空消失了，更无人员伤亡。死人无法复活，而活人还要往下活，所以，到最后，所有的家属都选择了私了，包括我家。张云飞的一条命卖了两百万，算是价格适中。据说，如果哪个矿工是真的自己生病死了，他的家人在他死后还难免要埋怨一句，真是连死都不会死。死在井下和死在床上，同样是死，中间隔了两百万。

后来，当我问作家们买小说版权的时候，总是会想起为张云飞的尸体谈价格的那个冬天，一方拼命抬价，一方拼命压价。最后，当我以相对低廉的价格买到那个女作家的小说版权的时候，我心里还忍不住得意了一番，就像那个冬天的下午，当我父母亲拿到两百万赔偿款的时候，也许在心里也曾有过那么一瞬间的高兴。那两百万他们没舍得花，再后来，就被我拿去拍电影了。因为我是要成为艺术家的，我要和一个矿工父亲和

矿工哥哥，甚至和整座煤城彻底划清界限。

然而有一天，我还是回到了煤城。

因为，那些和张云飞一起深埋在地下的诗歌居然再次长出来了，这次还变成了铅字。我回头看了看作者的名字，梁帅。这个名字我并不陌生，他是张云飞当年在矿上最要好的工友，我不止一次地听张云飞提到过他，还曾见过他和张云飞一起在烧烤摊上喝啤酒。他们两人都喜欢文学，喜欢看小说，都和其他矿工格格不入，据说这梁帅还读完了《静静的顿河》和《战争与和平》，一个读过《战争与和平》的矿工，我自然会记得。只是，好友去世后，居然冒名发表好友的诗歌，可见这人也不是什么地道人，我心想。回到煤城之后，我决定找到那梁帅和他理论一番，最起码也要警告他一下，对死者，对生前的好友，总得有点起码的尊重吧。

我记得梁帅家也在矿区分了房子，他比

张云飞大几岁，早十多年前就找了一个没工作的女人结了婚，好像连儿子都有了。虽然我搞不清他家住哪栋楼，但一个小镇大小的地方，一打听就打听出来了。我爬上二楼敲开那扇旧木门的时候，是一个大嘴女人给我开的门，她的嘴实在有点太大了，以至于感觉她整张脸上就长着一张嘴，大概是他老婆。一问才知道，梁帅居然已经失踪八年了。那头发半白衣着邋遢的女人不由分说，一把把我拖进屋里，然后便咧开大嘴肆意地哭诉起来，可能是很久找不到哭诉对象了，邻居大都已经搬走，剩下的老矿工不是听腻了就是耳朵聋了。她好不容易抓住个人，自然不会轻易放走。

我慢慢听明白了，这梁帅虽然失踪了，但并不是完全不顾家，有时候他会趁着家里没人的时候，偷偷回家放下一些钱，还会把家里打扫一番。有一次，他是把锅里的剩饭吃完又刷了锅才走的。但他一定会在老婆孩

子回来之前离开，八年时间里，他们居然没有打过一次照面，也没通过一次电话，连他爹妈去世的时候他都没露面。所以，她知道孩子他爸还活着，可就是找不到人，虽然找不到人，却又能感觉到他似乎就在她和儿子身边，离得并不远。

正在这时，她儿子放学回来了，一个十岁左右的小胖孩，脏兮兮的手里握着一摞卡片，都是吃干脆面的时候吃出来的。矿区的孩子，我心想，就像看到了小时候的自己。那时候我们一家还住在山顶上，我总是为了挣一张纸元宝和别的小孩打架，而张云飞却会把我赢的纸元宝拆开，认认真真读印在上面的字，认真到令我无法忍受，便嚷着要他赔我的纸元宝。

小胖孩对我并不友好，给了我一个大白眼，我猜测，一个没有了父亲的孩子，可能对所有主动上门的男人都不会太友好，便连忙告辞下楼了。我决定去田螺老太那里吃碗面，路上我一边走一边想起了巴西作家罗萨的那篇《河的第三条岸》，梁帅多么像小说中的那个父亲，不肯走远，也不肯上岸，只是隔着河岸，远远地看着他的家人们在岸上生生死死。莫非是他小说看多了，把自己也当成小说中的人物了？

我想起从前张云飞曾对我说过，地底下是一个诛人心的世界，在那个世界里要想活下去，就必须过滤掉哪怕芝麻大的想法，只光秃秃地留下吃、睡、生、死，只留下植物与动物的本能。一个读过《战争与和平》的矿工，自然无法把自己彻底退化为植物和动物，所谓失踪，会不会只是他逃离地底下的一种戏法？就像魔术中的大变活人，他把自己生生变没了。可是，不下井就挣不到钱，矿上的大部分矿嫂都没有工作，一家老小全靠矿工下井养着，这也许就是他发表那些诗歌的原因吧，为了一点微薄的稿费。可是，不管怎么说，把亡友的诗歌冒名顶替发表出

来，还是很不地道。

这时候，我忽然想到，梁帅失踪八年了，而张云飞也正好去世八年了。这一发现让我不由一愣，莫非这对好友还真是心有灵犀，还是，他们之间有什么更隐秘的联结？想到这里，我头皮微微有些发紧，就好像从一扇紧闭的门上忽然窥到了一丝门缝，却又不敢趴近细看。走进小面馆坐下，田螺老太娴熟地从口袋里变出一碗桃花面来，我为了打发时间，慢条斯理地把一碗面吃完了，又喝了两碗面汤，还是不想走，便把罐子里的腊八蒜当零食吃，吃了一瓣又一瓣。我一边吃一边思忖着自己下一步该何去何从，回北京？是万万不行的，会被人催债不说，连一个月几千块钱的房租都付不起，真得为了艺术去喝西北风了。流亡到南方的那些工厂里去拧螺丝？从此隐姓埋名？可是，连丁点儿大的名声都不曾有过，又何来的隐姓埋名？如果债主一路追杀到南方，那我又往哪躲呢？总不能躲到地下去。忽然，这个想法提醒了我，躲到地下倒不失为一个去处，而且，下井的收入也不算低，攒点钱也好还债。先他妈把债还了再谈什么艺术。

一罐腊八蒜眼看就要被我吃到底了，田螺老太大概是看不下去了，忽然降落到我面前，大着嗓门说，嘴里淡出鸟来了？连蒜都吃。说罢从机器猫的口袋里变出一把炒花生，掷到了我面前。我放下蒜罐，一边剥花生，一边和田螺老太聊天。婶儿，现在咱矿上的人是越来越少了，吃饭的人都少了，除了开面馆，你也得考虑做点副业吧。话音未落，就见机器猫的口袋里又变出一大串亮闪闪的钥匙，那串钥匙，足有五六斤重，上面最少系着几十套空房子。她的口袋里居然揣着几十套空房子。田螺老太把那串钥匙抖得像三叉戟一样哗哗响，一边抖一边得意地说，婶儿吃过的盐比你吃的饭还多，矿上哪家搬走的时候不得把钥匙托管到我手里？房

子卖了，我就收一点中介费，想租房的也得来找我，这不，三十八套房子全在我手上，从一楼到六楼，哪个楼层都有，侄儿你想住哪层住哪层，想住哪套住哪套。哦，忘了，你家当年应该是分过房的。

　　我盯着她围裙上的大口袋，感觉这机器猫的口袋真是充满惊喜，现在能掏出三十八套空房子，下一步，也许还能掏出一架直升飞机来。

3

我把几年没人住的老房子打扫了一下,安顿下来之后,我开始郑重考虑之前那个流星般撞进脑子里的想法,到地下去。不光是为了躲债,还因为下井的工资比较高,而对于我来说,目前实在想不出还有什么挣钱的办法。另外,那个地下的世界我虽然还没去过,但因为父亲和张云飞都在那里待过,所以我也不觉得太陌生。甚至,我一想到他们都死于那个世界,又想到那两百万的赔偿金被我轻轻打了水漂,我便对那个地下的世界

生出了一种前所未有的向往，似乎只有我也走进去，才能受到一点应受的惩罚，也似乎只有在那个地下的世界里，我这个仍然活着的人和那两个已经死去的人之间，才能达成一种真正的补偿，我可以替他们活着，替他们感受升井时的第一缕阳光。

矿区的五大煤矿已经先后关闭了三座，如今只剩下稍远一些的镇城矿和东花矿，东花矿在上世纪八十年代建矿的时候，是由湖南省当时国营的711矿、712矿组建成援煤队伍入晋，所以东花矿上有很多南方人，吃食习惯也和别的几个矿不同，他们居然还吃狗肉。如今东花矿也濒临枯竭了，我每天早晨在矿区瞎晃悠的时候，都能看到，东花矿的门口排着长长的队伍，有男有女，都是些在东花矿坐办公室的工作人员，正排着队打卡签到。据说东花矿已经基本发不出工资了，但他们还在每天排着队，争先恐后地签到，唯恐被下岗，而事实上，在办公室坐一天都没有一点活儿可干，就是干巴巴坐着等着下班再打个卡。我一个小学同学在东花矿的宣传科工作，我问她每天上了班都在干吗，她说她准备了一个厚厚的本子，每天在本子上抄《读者》和《青年文摘》上的名言警句。

也只有镇城矿还在正常运行，那我唯一的选择也只有镇城矿了，但镇城矿没有我认识的熟人，于是，我又想到了田螺老太和她的大口袋，万一，万一那只机器猫口袋里还能变出一份工作呢？第二天，我特意去了趟县城，买了桃酥、枣糕、太谷饼、孟封饼四色点心，准备上供给田螺老太。田螺老太笑眯眯地接过点心，放在桌子上，然后把两只胖手揣在围裙的大口袋里，这时候我已经基本可以肯定，那口袋里八成还揣着一份矿工的工作。果然，她从口袋里掏出一把瓜子，一边嗑一边说，矿上也招临时工的，就是钱比正式工少一点，镇城矿有我的亲戚，你要

想去，我就给你说道说道去。

真是万能的机器猫口袋。我觉得田螺老太其实完全不必要开面馆了，拎着她的口袋直接去变戏法得了。

在田螺老太的引荐下，我成了镇城矿的一名临时工。下井那天，我换上防静电服，穿上橡胶雨靴，戴上安全帽，腰带上带着定位卡、自救器和矿灯，一身装备最少有四五十斤重，就好像在自己原来的体重上又驮了半个人的体重，这一个半人跟着其他矿工，坐上罐笼。罐笼降得飞快，咣当一下就沉到了深不见底的黑暗中，就像一种专门通往地狱的交通工具。从罐笼里出来，我发现自己如愿以偿地来到了地底下。大巷里有微弱的灯光，有点像阴间的鬼火，周围矿工们的影子看上去也是鬼影幢幢，像一群幽灵。我以为已经到地下了，班长却一声冷笑，催促我继续坐猴车，猴车有点像阴间版的游览车，顾名思义，人坐上去的时候就像一只正在游览观光的猴子。

猴车带着我向黑暗的更深处滑去，滑出大巷，滑进回风巷之后，连那点鬼火般的灯光也湮灭了。我第一次见识到了真正的黑暗，一种无比巨大无比辽阔的黑暗，黏稠得如同沥青、如同松胶，我感觉自己被封在一只庞大的黑暗琥珀当中，像一只小小的飞虫，根本动弹不得。那种黑暗和夜晚是完全不同的，夜晚是有层次有缝隙的，比如星光和月光就是夜晚的缝隙，而地下的那种黑暗是瓷实的、坚固的，更像把千钧重的固体压在了你身上，你成了被压在五指山下的那只石猴子。你甚至连自己的手指都找不到，更不可能看到离你一尺之外的任何东西，黑暗的经验被破坏，被重塑，黑暗自己定义了自己，根本不需要人类的语言。人处在这样的黑暗中就像漂到了广漠无极的宇宙当中，渺小、无助，找不到任何边界，唯一能做的事情就是顺着黑暗永恒地漂流，漂流。

在漂流过程中，我渐渐失去了对时间的概念，黑暗张开血盆大口，连时间都吞噬掉了，而且连一点骨头都不吐，于是，我第一次奇异地感受到了时间的消失，感觉自己已经在黑暗中漂流了几百年之久，我怀疑等自己下了猴车已经变得白发苍苍，胡子拖到地上，而地面上的人已经生生死死了好几个轮回了。

不知道究竟漂流了多久，前面隐隐传来了机器的轰鸣声，还有几点荧荧的鬼火划破黑暗，那是矿工们的头灯。原来，我在黑暗中才漂流了三公里，刚刚漂到了轨道巷和回风巷两巷之间的作业面，这个作业面是由七十组液压支架组成的，据班长说，每组支架重三十二吨，四根立柱撑起了三米高的作业空间，采煤机和刮板运输机像生活在地底下的巨兽，旁若无人地咆哮着，不远处还有打雷一样的煤炮声，黑色的尘雾弥漫在任何一个微小的空间里，包括耳朵和鼻孔。头灯在黑雾中若隐若现，矿工们的脸和身体都已经融化在黑暗中了，只残留下两点眼白，偶尔张嘴吼或笑的时候，还会在黑暗中浮出两排白森森的牙齿。乍一看，只见黑暗中浮游着一些眼睛和牙齿，也像生活在黑暗中的生物。

我在井下的第一份工作是移动液压柱，液压柱到哪里，作业面就到哪里，一旦没有了液压柱的支撑，采空区的矸石就会掉落，我们还得时时提防着冒顶发生，一旦冒顶，无一生还。因为时间已经消失了，感觉又过了好几百年，忽见一个异常臃肿的大胖子出现在黑雾中，也像是从地底下冒出来的某种怪兽（不愧是地下），只见大胖子像果树一样抖落抖落自己，便从他的枝干上哗啦啦掉下来几十个饭盒，胖子立刻变瘦了。原来是送饭员下井来送班中餐了，他驮着和自己体重相当的饭盒在地下步行几公里来送饭。我这才知道，刚刚到中午时分。

吃过班中餐，我正想躺在煤堆里休息一下，忽见一个裸男晃着膀子从我面前过去了，也不是全裸，毕竟还戴着安全帽，穿着雨靴，吊在前面的家伙还有节奏地一甩一甩。我先是一惊，转念一想，也是，地下这么热不说，反正也没有女人。裸男在离我头顶不远的地方方便了一下，然后回头冲着躺在地上的一堆黑人抱怨道，你们也不热？说罢兀自脱下一只雨靴一倒，哗一声倒出了一鞋壳的水，准确地说，是一鞋壳的汗。

不知道又过了几个世纪，我正抱着液压柱精疲力竭的时候，忽见周围有几个矿工快乐地唱起了歌，我很是诧异，难道地底下也能冒出什么惊喜？不会是挖到宝了吧。一问才知道，原来是下班时间快到了，所以没法不快乐。因为机器的轰鸣声太大，说话的时候都得扯着嗓子大吼，好像在吵架，我冲一个矿工吼道，你们每天下班都这么快乐吗？那矿工冲我回吼道，不想上去你就在下面住着。另一个矿工快乐地说，上去喝酒咯。那天升井算比较早的，居然还能看到夕阳，我坐着笼子从地下冒出来的那一瞬间，一缕残阳正好打在我脸上，我的眼泪一下就下来了，我听到天地间有一个声音对我说，欢迎回到阳间。可是明天一早，我们还要回到阴间。

升井后的第一件事就是洗澡，进了巨大的澡堂一看，我吓了一跳，澡堂里全是同一种奇异的物种，白色的身体上齐齐嫁接着一颗黑色的头，像奶牛，像熊猫，又什么都不像，因为毕竟是直立行走的。我忽然想起了我父亲当年也是这样，两只白色的膀子上架着一颗黑色的头，张云飞下井之后，我便一直躲着不敢见他，他当年出井洗澡的时候大约也是这样吧。又因为黢黑的面孔看起来千篇一律，以至于我都有种错觉，觉得眼前站了无数个父亲和张云飞。无数个父亲和张云飞把自己泡在大池子里，池子里的水立刻变

成了黑色,黑色的水面上长满黑色的人头,那些人头静静地漂浮着,有的嘴里还叼着一根烟,有的正用钢丝球擦脸上的煤灰。我把自己也泡了进去,感觉自己的身体正在乌黑的水下生长,像水草,像莲藕,与父亲和张云飞的根系连在了一起,好像我用这种方式补偿了他们。在那一个瞬间里,我竟然感到了某种欣慰。

我在地下陆陆续续换了好些工种,从移动液压柱到综采队割煤到掘进队掘巷道,再到打钻工、支护工、皮带工、测风员。无论什么工种,我每次从地下钻出来的时候,都被染成了黑色,没有一次是例外的,有时候都黑得发亮,已经不再像煤,而像是一种刚刚出土的稀有矿石。在综采队割煤的时候,每次摁下割煤机的启动按钮,我们就赶紧蜷缩到液压机的支架下,陨石般大小的煤块从我们身边掉落,它们真像是来自深不见底的宇宙,因为体型过于巨大,目睹一刀煤被割落的过程，竟有一种观看天象的恢弘壮丽的感觉。

休息的空档里我嫌地上脏，不忍躺下去，一个矿工就对我说，你觉得你现在比煤干净？一个老矿工在不停地咳嗽，据说他已经得了尘肺病，但还是坚持要下井，因为两个儿子还没有娶媳妇。最可怕的工作是喷浆，喷浆的时候，水泥、沙子和煤尘一起狂飙，就好像井下刮起了十几级的沙尘暴，而且是纯黑色的沙尘暴，空气真的会变成固体，好像吞咽进喉咙的是一块块水泥，所以有的喷浆工戴了一层又一层口罩，居然能戴到十几层之多，像在嘴上捂了一条棉被，蔚为壮观。

我还做了一段时间的电钳工，腰带上除了定位卡、自救器、矿灯之外，还要带上手钳、扳手、电笔、螺丝刀、万用表，六七十斤挂在身上，感觉自己像一棵挂满礼物的圣诞树，装饰得简直有点富丽堂皇。一天，我

在地下的变电所忽然听到一只苍蝇在耳边盘旋，我心里一阵惊喜，觉得亲切不已，在这地下几百米的地方竟然能邂逅一只苍蝇，它那么小的身体，居然能飞到地下几百米的深处，它需要在漆黑中飞多久啊。过了几天，我在变电所的杯子里看到了它的尸体，不知道它是不是想去喝那杯底残留的一点水。我把它的尸体捞上来，用纸包好，装在口袋里，在下班的时候把它带回了地面上，并安葬在了花坛里。同样是埋在地下，但井下和花坛里毕竟不同，花坛里还安葬着花魂。我想起了《十王图》，就是去往地下，也有十层世界等在那里，不知道我们下井的地方算第几层世界。

　　在井下待得久了，我的心里又开始痒痒，想着要能拍一部关于矿工的电影该多好，真是好了伤疤忘了疼。但因为井下要防瓦斯爆炸，所以不允许把任何电子产品带下去，连手表也只有班长可以戴。我无数次想过怎么能把手机偷偷带到井下进行拍摄，但每天下井的时候都要搜身的，根本没有这个可能。我只好在坐猴车的时候，躺在煤堆上休息的时候，在脑子里一遍一遍地回忆曾经看过的那些电影。我这才发现，原来电影从不曾真正离开过我，有些东西，一旦进入血液，就再也不会离开了。

因为手机也不允许带到井下，所以在休息的空隙里，矿工们只能靠聊天来打发时间。一堆黑人躺在煤堆上，一时分不清哪里是煤哪里是人，好像他们本身也是一块块煤，一群会说话的煤。除了谈论女人，他们谈论最多的是怎么挣钱，他们说起一个叫毛毛的矿工，毛毛永远只上夜班，因为白天他还有一份工作，他白天在一家单位做保安。我插嘴道，那他什么时候睡觉？居然没人回答我这个问题，好像我这个问题太过于愚蠢。一个叫老歪的矿工总是抢着说话，不管什么话题，他都要抢过来先说，而且一说

起来就没完没了，把同样的车轱辘话说了一遍又一遍。我后来才知道，他在风机口看了十六年的风机，那里白天晚上只有他一个人，自从离开那里之后，他便得了话痨，治也治不好，形同绝症。

他们继续聊挣钱，又聊到了矿上一种新型的致富方式，那就是矿难。比如上次矿难，谁谁被赔偿了两百万，谁谁谁又被赔偿了五百万。在他们聊矿难和赔偿金的时候，我感觉好像这地下的每个人对死亡都跃跃欲试。但这个话题很快被班长喝止了，因为不吉利，于是大家又聊别的，聊谁谁谁的老婆拿到赔偿金以后，打扮得花枝招展，天天晚上在小广场跳舞。

这种被压缩在地底下的聊天和光天化日之下的聊天是不一样的，怎么说呢，正因为你在地底下的每一天都可能是最后一天，你随时可能葬身于地底下，所以，每次聊天都带着某种遗言的味道，由不得你会在黑暗中把自己和盘托出，就仿佛，如果你今天不把自己和盘托出，明天你一旦消散，你在这世上就连一点痕迹都没有了。所以当那些躺在煤堆上的煤问我，四眼，你以前是干吗的？我犹豫了一下，决定还是把自己和盘托出，当然，其中不乏虚荣的成分，但是还有一个重要的原因，就是，我在他们中间太孤独了，他们所有的话题我都插不上嘴。我想稍微补偿一下自己的孤独，我想让他们知道，我其实并不是一个真正的矿工，我只是一个伪装成矿工的艺术家。

可一旦开口，我又觉得像在讲述自己遥远的前世，更像是在讲述别人的故事，我磕磕巴巴地说，我，我以前是个导演，拍，拍过一部电影，但赔了不少钱。众煤炭一阵哄笑，好像我刚刚讲了一个并不高明的笑话，听到四面八方全是笑声，我便把头灯照过去，只看到两排雪白的牙齿悬浮在黑暗中，又照了照旁边，只见黑暗中还悬浮着好几排

牙齿，好像我正和一堆牙齿在一起聊天。一个声音对我说，那你还不是也来挖煤了？戴着手表，独自拥有着时间的班长也咧嘴笑了，对我说，是金子也得在地下发光。

在那一瞬间，我忽然想到了张云飞，想到张云飞会不会也曾像我这样，告诉周围那些会说话和不会说话的煤炭，他并不是真正的矿工，他其实是个诗人，他写过很多很多诗。而且，即使他什么都不说，哪怕他装成哑巴，他那个过于强大的习惯也会出卖他，他会从一切缝隙里抠出字来，哪怕在地下，只要能看到字，他就能活下去。然后，就像这样，一堆雪白的牙齿哄笑着对他说，装什么装，你还不是也来挖煤了？我忽然明白那时候他为什么总是要给我打电话或写信了，因为他在地下太孤独了。

黑暗剥夺了我们的一切，同时又创造出一种众生平等的奇幻效果：还不都是来地下挖煤的，谁和谁不一样？我想，这种平等还有一个原因，那就是，都是拼命想逃离的人，却没有一个能逃得出地下，就像阿加莎·克里斯蒂的《无人生还》。所以，他们会本能地仇视所有和他们不一样的人，仇视有可能从这地下逃离的那个人。

4

我为我的诚实和虚荣付出了代价,我被矿工们排挤,然后被打发到地下两千米的地方去看水仓。看水仓属于井下的二线,看似不用出太多力气,只是守在水仓边开关水泵就好,实则是矿工们最不愿意干的工作。因为水仓都在井下最深的地方,只有最深处才能储水,在那里待着真的就像一颗被深埋在地球中心的种子,而且永远不会有发芽的机会。水仓边又冷又潮,穿着棉衣棉裤都觉得冷,但矿工们最怕的还不是这个,是孤独。

看水仓往往只派一个矿工，因为工作比较简单，等水仓里的水一旦蓄满了，就打开水泵抽水，最近的工友都在两公里以外，说是看水仓，其实就是一种埋在地底下的禁闭。说是把一个人派到水仓边，其实更像是把一个人流放到大洋中间的孤岛上，不，是地心里的孤岛上，海岛上好歹不缺阳光，但地心里永远只有黑夜。所以，派一个矿工去看水仓，几乎等同于一种刑罚。

下了猴车，我怀里揣着两个烧饼，又独自在漆黑的巷道里跌跌撞撞走了最少两三公里，才走到水仓边，唯一的一点光亮就是来自我头顶的矿灯。因为太偏远，送饭员是不会来水仓边送饭的，只能自己带两个烧饼，捂在怀里，尽量让它们残留一点温度。这里属于井下的无人区，没有灯，割煤机也不会过来，侏罗纪时代的黑暗完整保存至今，光是这里的黑暗就足以成为文物。

因为缺氧，在地下走路要比地上累得

多。我走到水仓边的时候已经喘不过气来了，赶紧坐下来歇息，感觉自己就像坐在了月球上，周围是一片坚硬而原始的荒凉与死寂，层层叠叠密不透风的黑暗从四面八方分泌出来，把我裹在最中间，我只能用头灯在黑暗中凿出一条微弱的光穴，但那光穴实在太窄太小了，根本不足以让我藏身其中，我却恨不得把自己整个庞大笨重的身躯都塞进那点光亮里。它成了我在这地下世界里唯一的一点依靠，笃定庄严，如同神佛耸立，我躲在它的阴影里，唯恐它弃我而去，把我抛在这两千米深的地下。为了应对这可能突然而至的抛弃，我决心预先演练一遍，于是，我关掉了头灯。纯净黏稠的黑暗灌满了我全身的每一个毛孔，每一件器官，好像整个宇宙中就只剩下我一个人类了，我漂浮在宇宙中，像一支黑暗的蜡烛在黑暗中疯狂地燃烧着，连火焰都是黑色的。感觉自己真的要彻底融化在黑暗里了，我赶紧又把头灯打开，一线光亮重新在黑暗中凿出一道缝隙。

我坐在那道缝隙旁边,低头看着水仓里的水。水仓里的水看起来也是黑色的,其实它本身是透明的,只是略带一点灰色,但是在这地下就只能被染成黑色。我发现所有的颜色在这地底下都会被黑色吞噬掉,然后,在它们的骨骸里又会重新长出盛大的黑暗。在地下两千米的地方看到这样一处黑色的深潭,本身就带着一种恐怖的意味,因为水里可能藏着更可怕的未知,但是,在看到这样一潭水的时候,我居然感觉到了某种亲切,就像在地狱里忽然碰到了活物,是的,水是有生命的,它是活着的,哪怕是黑色的死水。

连班长手上的那块表都在我几公里之外,也没有人会来这里送班中餐,所以我彻底失去了时间,我一边在水仓边绕着圆圈踱步,一边猜测着在我头顶两千米之外的地面上正发生着什么。现在是上午的阳光还是下

午的阳光正落在井口，我这才知道，阳光竟是那般美好的事物，像一位金色的祖先，孕育出一切生命，但它来不到地下。已经是夏天了，不知道会不会有一些月季的花瓣正落在我的头顶，然后一阵风吹过，那些花瓣像雪一样飘散。

我得不停地绕着圆圈散步，只要一停下来，就会感觉到来自地底下的阴冷和潮湿，待的时间越久，这种阴冷越是会钻进骨头缝里。为了抵御阴冷，我把风筒布裹在身上，就像披了一件斗篷，我望了望黑水中的倒影，看自己像不像一个埋在地下的堂·吉诃德。披着斗篷的我继续转圈，转着转着我忽然想起了张云飞的那首诗。

> 井下的冬雨一直很小心地下着
> 我在井下用风筒布裹紧自己
> 靠着水仓的开关坐
> 想起我小的时候

和父亲围坐在炉火旁

那时,父亲还很年轻

　　张云飞也曾在地底下看过水仓。现在,我走进了他的诗歌,变成了他诗歌的一部分。只要一想到张云飞也曾在地下两千米的地方看过水仓,他也必定曾像我这样裹着风筒布,一圈一圈地绕着水仓散步,我心里反倒安宁下来,反倒不愿意结束这矿工的生活。他曾用在地下挖煤的钱供养我的艺术和我的梦,现在,我用同样的方式还给他,这反而让我觉得心安。

　　大约已经过去几千年了,因为我感觉到自己正渐渐变苍老变迟钝,不过,即使头上生出了白发,也会被这巨大的黑暗重新染成黑色吧。无休止的圆圈让我感到烦躁,再转下去,也许我就会变成《象棋的故事》里的B博士。我终于停了下来,环视着四周,就像一个囚徒想找到一条逃出去的路。这是个

拱形的硐室，由煤铸成的硐室，大概有两三米高，我用头灯照射着四壁，就像一个手持蜡烛的小沙弥正在仰视宏伟的佛殿。

这个硐室当初挖出来就是为了建水仓，所以挖煤是不会挖到这里来的，在水仓的四壁可以看到一整块一整块巨型的煤，准确地说，它们看上去比煤要宏伟得多，也阴森得多，这里更像是用黑色巨煤搭建而成的一座殿堂或墓室。我仰视着这些巨型的煤，想到在亿万年前，这里该是一片多么辽阔茂密的森林啊。那片石炭纪时代的森林，在当年肯定没有想到，在它死后会转世为黑色的煤田，深埋在地下。我在这些巨煤的包围下行走的时候，就像行走在一片地下的森林里。

忽然，我在头灯凿出的微弱的光窟里，隐约看到一行字，这黑色的巨煤上能自己长出字来？难道，它也是有生命的？我赶紧趴上去细看，那行字不是长出来的，是用凿子刻上去的，只是因为挖煤挖不到这里来，除了看水仓的人和偶尔过来查岗的瓦斯员,绝不会有人游荡到这种地下的无人区,所以那些刻在巨煤上的字得以被保存下来。我抚摸着那行字,一个字一个字地辨认着。

这里是人间,这里也是地狱,我们在这里,是一群渴望天堂的人。

连着读了几遍之后,我忽然意识到,这应该是一首诗,这居然是一首诗。一首被深埋在地下森林里的诗。我下意识地用头灯又照着周围,结果,我在那面黑色的石壁上又发现了更多的字迹,一行一行的,它们居然全是诗。

我相信,有的鸟会变成一块煤,有的花会变成一块煤,有的鱼会变成一块煤,有的乌云变成一块煤,有的雨水变成一块煤。而我们不会再变了,因为我

们生前就是一块煤。

夏天,我们依然要穿着厚厚的棉衣下井,对于我们,一年只有冬季,一生只有冬天。

望着清扫落叶的环卫工人,感谢落叶,赐给他们一份糊口的工作,感谢落叶,在地下等了我亿万年,赐给我动荡的人生。

我愿每一粒汉字,都是一条巷道,方便那些失踪的人,多年以后,能从我的文字里,找到家。

我现在所有的疼不是来自煤矿,不是来自矿工的身份和矿井的黑暗,而是作为人终归要重回地下的那份绝望。

我能想象到,那个看水仓的人,如我一样,也是被囚禁在这个没有时间没有光亮的殿堂里,或墓室里,为了打发时间,也为了证实自己还活着,他就像古代凿敦煌石窟的匠人一样,靠着一盏微弱的油灯,愣是凿出了那些巍峨的神像和曼妙的飞天。因为这些诗的存在,这地下的硐室里竟有了敦煌石窟才有的恢弘与典雅。我举着头灯,如同擎着蜡烛,一首一首地读过去。忽然,我在一首诗面前怔住了。

井下的冬雨一直很小心地下着,我在井下用风筒布裹紧自己,靠着水仓的开关坐,想起我小的时候,和父亲围坐在炉火旁,那时,父亲还很年轻。

这不是张云飞的诗吗?张云飞的诗居然出现在了镇城矿井下的水仓边,而张云飞早已葬身于西花矿的井底。我又想到了那个

冒名发表诗歌的梁帅，只可能是他。他原先和张云飞一起，都是在西花矿下井的。难道说，他也在镇城煤矿下过井，甚至他也在这里看过水仓？确实，尽管他失踪了，可是隔段时间他还是要偷偷往家里送笔钱，维持老婆和儿子的生活，如果不工作，他哪里来的钱？而且在这矿区，除了去煤矿，几乎不可能找到别的谋生方式。

　　正在这时候，头灯忽然没电了，不知道是昨晚没充好电，还是矿灯出故障了，那条用光凿出来的微弱通道消失了，千钧重的黑暗猛地压在了我身上。我试图找到自己的手，可是，不光是我的眼白和牙齿消失了，连我的手，我的全身都消失了，都融化在了深海一般的黑暗中。我感到了一种比死更彻底更虚无的不存在。我想到了那些刻在巨煤上的诗行，便在黑暗中伸出手，向它们摸去。我准确地摸到了那些字，不是靠眼睛，而是靠心，眼睛在黑暗中已经退化了，而心变成了雷达，帮你捕捉到你要捕捉的东西。

我像盲人一样摸着那些字,一个字一个字地摸过去,我神奇地发现,我居然能在黑暗中读出那些字。

  面对煤海,一下辨认出,哪块煤是替那些动物、植物继续活着。

时间早已不存在,我也不知道现在到底是正午还是午夜,干渴、饥饿、恐惧,我统统感觉不到了,我只是一行一行地用手读着那些诗。

  对于矿工,熄灭就是捻亮,黑暗就是光明。
  在井下,如果矿灯坏了,风就是我们出去的路。
  在矿洞里,我们是一群没有影子的人。
  我们,决定不了出生,也决定不了

死亡。所以，我们只能活着。

我忽然又想起了张云飞，想起那些和他相依为命的字，他从报纸、旧书、垃圾堆、卫生纸上把它们解救出来，把它们供养在头顶、手心里、桌子上、黄土堆上，只要它们还陪在他身边，他就什么都不害怕，就怎样都能活下去。我感觉到自己脸上全是泪水，但连泪水都是黑色的。在那么一个瞬间里，我甚至觉得，这些字不是梁帅刻上去的，而是张云飞本人刻上去的。但不可能，张云飞早在八年前就死于瓦斯爆炸了。而如今，也许我也要葬身于这漆黑的地底下了。黑暗连死亡的恐惧都吞噬掉了，却无法吞噬掉那些刻在巨煤上的诗行。抚摸着它们，我的心里居然是一片奇异的安宁。

不知道到底过了多久，就在我以为死亡即将来临的时候，一盏微弱的头灯像鬼火一样慢慢飘了过来，当那缕灯光终于落在我脸上的时候,我听到一个忽然受到惊吓的声音,操,你怎么连头灯都不开,想吓死人哪。

是接我班的矿工来了。出井的时候,夕阳已经落山,最后一片晚霞正在天边静静燃烧。我这才知道,地下的几千年只不过是人间的一个白天罢了。

5

看到巨煤上的那些诗行之后,我决定继续寻找梁帅,因为我感觉到他的失踪是一个巨大的秘密,不仅他本人藏在这秘密当中,连张云飞也在这秘密当中若隐若现。可以肯定的一点是,梁帅也在镇城矿下过井,不止下过井,还看过水仓。

洗完澡在食堂吃饭的时候,我看到以前的班长也在食堂吃饭,便揣上一包烟坐到了他旁边,在开口之前先把烟递过去,班长毫不客气地接住了,然后才看了我一眼,龇着牙说，你不是那个拍电影的吗？我赶紧说，早就不拍了，要能拍出个名堂还用下井？他从饭缸里扔出一粒花椒，龇牙笑道，煤矿就这样，是金子也要到地下发光去。我不顾他的揶揄，殷勤地说，班长，你见多识广认识人多，问你打听个人哪，你认识不认识一个叫梁帅的，也在咱矿上下过井，还看过水仓。

班长抖出一根烟来，我连忙帮他点上，他抽了两口才眯缝着眼睛说，看过水仓的多了去了，我还一个一个都记着？然后他又用一只黑乎乎的指头指着我说，他就是下过井，用的也不一定是真名，就怕用你们这种临时工，说来就来，说走就走，还有的用的是假身份证，以前有个杀过人的也来矿上下井，要不是有一天公安局忽然来抓人，谁能想到他杀过人？煤矿是想来就来想走就走的地方？

我心里叹道，自己如今已经和杀人犯、

盲流被归为一类了。便低眉顺眼地说，那哪能，谁敢想来就来想走就走啊。

班长嘴角叼着烟，用那只戴着表的手一拍桌子，说，你还不信？这不，就前几天的事，矿上的一个临时工，也是从西花矿过来的，连个招呼都不打就跑了，旷工好几天了，人找不着，电话也打不通，你说说看，煤矿是你们自己家开的？我当年下井的第一天，我师父就教给我了，煤矿是什么地方，是你走了就进不来，进来就走不了的地方，一辈子安心在地下挖煤吧，别的本事没有，挖煤好歹能养活得了你一家老小。

一听又有人失踪，我下意识地问了一句，这矿工叫什么名儿？我看我认识不，我也是西花矿的子弟。班长把嘴一撇，还提你们西花矿，第一个倒闭的。不过班长到底念及我是矿上的子弟，最后还是顺口说了那个失踪矿工的名字，马德志，不认识吧？确实是一个陌生的名字，我便也没太放在心上。

后来我又陆陆续续问了不少矿工,在澡堂子里泡澡的时候问,吃饭的时候问,一起等人车的时候问,但没有一个矿工听说过梁帅这个名字。看来梁帅来镇城矿的时候,八成用的是假身份证。矿上确实会有一些隐姓埋名的流动临时工,因为各种原因,他们往往用的都是假身份证,所以也不可能有人知道他们的真实姓名。

如果上井比较早,我会在井口坐着,一边抽烟,一边观察着刚从人车上下来的那些矿工。所有从地下钻出来的矿工都是从一个模子里拓出来的,都是精疲力竭的步伐,都是在一张黑乎乎的脸上粗糙地凿开了一张嘴和两只眼,又有近于嶙峋的白从那一张嘴和两只眼里迸射出来,真的像是从地狱里出来的,看着分外惊心动魄。我根本无法从他们中间辨认出,究竟哪个是梁帅。因为连我自己都和他们没有任何区别。

为了能有更多时间,我主动要求把自己

调成了夜班,一般下了白班就是晚上了,黑与黑完美衔接,连点缝隙都不留。一来是长期感受不到阳光让我觉得自己越来越不像个人了,一种快要变成鬼的感觉;二来,既然想找到梁帅,总不能每天像个夜行动物一样,别人都睡了我才出来活动。

看水仓是矿工们都不愿做的工作,上夜班看水仓则更是被人嫌弃。那相当于在黑暗上面又摞了一层黑夜,在孤独上面又覆盖了一层孤独,就像在梦境里又做着梦,梦套着梦,层层叠叠,身在其中就像捉迷藏一样,最后竟然连自己都找不到了。每次去上夜班的时候,我都要准备两样东西,一是纸和笔,二是一块面包。因为我在水仓周围发现了两只老鼠,第一次看见那两只老鼠的时候,我的眼泪差点掉了下来,我没想到,在两千米的漆黑地下,我居然碰到了除我之外的活物。在碰到那两只老鼠之前,我总是盼着能在黑暗的巷道里钻出一个鬼来,或盼着有一只水怪忽然从漆黑的水仓中跳出来。我发誓，无论是遇到鬼还是水怪，我都会把它们当成朋友，都希望它们能和我做个伴。后来，鬼和水怪一直没出现，两只老鼠却出现了。

在我用面包屑喂了它们两次之后，它们便也不再怕我，甚至有点把我当朋友了，会爬到我身上脸上，我则享受着这来自朋友的温情，绝不会把它们赶下去。在井下，矿工们都敬鼠为神，因为老鼠是地下的先知。除了两只老鼠的陪伴，我还会拿出纸和笔，抄写那些刻在黑色巨煤上的诗行。当我把那些诗行一句句地抄写在纸上，再一句句地读出来的时候，我发现，其实诗歌也可以是电影，只是，它没有颜色，没有声音，它更像是一部古老的黑白默片，而观众只有我一个。但是只有我一个也够了。这世上的很多事情，都是只有一个观众，甚至连一个观众都没有。

白天下了班,我则会在煤城里到处游荡,以期望能忽然遇到梁帅。从前我见过张云飞和梁帅在一起,所以大致还记得他长什么模样。我只在中午的时候睡两三个小时,居然也能把这一天一夜撑过去。我想起刚下井的时候,还惊奇于那个叫毛毛的矿工到底什么时候睡觉,不过几个月,我却已经是毛毛附体了。

我又去了一趟梁帅家里,想打探一下梁帅最新的行踪。梁帅老婆正在刷碗,一见是我,伸出两只油腻腻的手,擦都不擦,便一把把我拖到了沙发上,把我使劲摁在那里,然后便开始一把鼻涕一把泪地哭诉,这让我觉得,她像只大蜘蛛一样,躲在这六十平方米的两室一厅里,专等着我来自投罗网。不过,在她的哭诉中我还是听明白了,我上次来过她家不久之后,梁帅又偷偷回来过一次,在桌子上放下一笔钱,他没吃锅里的剩饭,但是把家里打扫了一下,还顺走了他儿子的一本书。

一本书。我微微愣了一下，忙问是本什么书。她使劲擤了一把鼻涕，又把手在拖鞋底抹了抹，很愤懑地说，是她从县里的新华书店刚给她儿子买的《一千零一夜》，放在桌子上，就被他顺走了，也不知道他拿小孩的书干吗。然后她又大声抽泣起来，一边抽泣一边断断续续地说，你说，啊，你说说看，家都回了，卫生也扫了，让人见他一面就怎么了，不想见我？不想见我就不要见，老娘也不稀罕，总得见见儿子吧，他倒好，连儿子都不见，你说他这人长的什么铁石心肠啊？

我一边敷衍她一边莫名地心跳加速，他还顺走一本书，一本《一千零一夜》，一个读过《静静的顿河》的人居然看《一千零一夜》？有没有一种可能，那就是，他实在没书可读了，顺便抓起哪本书都行，只要是书就行。但不管怎么说，在这几个月里，他还

出现过一次,那就说明,他大概率还在这矿区里待着,并没有走远,还能给家里留一笔钱,说明他还有收入。

我猛地想到,在综采队采煤的时候,休息的空隙里,一群像煤炭一样黑的矿工坐在煤堆上侃大山,黑色的面具挡住了每个人本来的面目,根本分不清谁是谁。在那堆侃大山的煤炭里,会不会就有梁帅?还有可能,我被流放到井下最深处看水仓的时候,我接替了一个黑乎乎的矿工的班,我上班他下班,我俩一句话都没说,那个人会不会就是梁帅?感觉有点像捉迷藏了,远远看到一个人影一闪,我连忙追踪过去,却发现那条路上空空荡荡,连个影子都没有。

我又想到了田螺老太,想到了她那只神通广大的口袋,从那只口袋里变出一个梁帅来也不是没有可能。于是我又开始做准备工作,爬到镇城煤矿后面的小山上,那山坡上长着好几棵柿子树,正是深秋时节,柿子树的叶子已经争先恐后地掉光了，只把一盏盏金色的灯笼遗留在树枝上，远远一看，山坡上张灯结彩，好似有什么盛大的节日要来了。我爬到树上，摘了一兜柿子，又潜入矿上的花坛，偷偷摘了一大把菊花，黄色的兰亭菊在秋日的阳光下，怒放得像一只只狮子，甩着金色的鬃毛，红色的千层菊像一堆火焰，不管什么粘上去都会被燃烧殆尽，百日菊则像一个猎人，只静静站在那里，便几乎捕尽了世上所有的颜色，猩红、玫红、粉红、水红、桃红、绛红、绿茶、天青、月白、玉色、鹅黄、蟹青、紫茄、茶色、碧山、青莲。在看到这么多颜色的一瞬间，我感到的并不是喜悦，而是恐惧。这段时间里已经适应了地下世界的我，恐惧于地面上竟栖息着这么多颜色，以至于我一时有些恍惚，竟分不清究竟地上的世界是幻象还是那个地下的世界是幻象。我向那些菊花伸出去的手都有些颤抖，生怕在触到它们的一瞬

间,它们就消失了。

　　我抱着菊花提着柿子,走进了田螺壳般的小面馆。没有人吃面,只有田螺老太正歪在椅子上打盹,两只手还插在万能的机器猫口袋里。旁边的木桌上摆着卤好的肉丸子、豆腐干和茶叶蛋,还摆着一大瓶碧绿的腊八蒜。我盯着那瓶腊八蒜呆呆看着,现在,看到任何颜色我都会盯着一看好半天,近于贪婪。

　　田螺老太从睡梦中惊醒,先看到柿子和菊花,然后又看到菊花后面的我,二话不说,立刻从口袋里掏出一碗面来,浇上卤头,加上肉丸子、卤豆干、小酥肉、茶蛋,再抓一大把香菜,放两瓣腊八蒜,一碗桃花面便被变出来了。我吃面的时候,田螺老太就坐在我对面往瓶子里插菊花,一面插花一面抱怨道,还说能挖几百年呢,这才三四十年光景,煤就挖完了?五个煤矿咣咣倒闭了四个,连吃面的人都越来越少了,就说你,是不是一个月都不来吃一次面？我一边往嘴里划拉面条一边说，婶儿，我成天在井下待着，哪有工夫来吃面。田螺老太不说话了，只见她胖手一甩，朝我碗里投掷了两颗肉丸子。

一碗面下肚之后，我一边小口啜着面汤，一边打听道，婶儿，你认识不认识一个叫梁帅的，原来也在西花矿上过班。田螺老太把两只胖手又缩回了口袋，我期待她能变出一个梁帅来。但只听她说，我只晓得人的小名，比如你吧，你的大名我真不晓得，就晓得你小名叫二飞，这人的小名叫什么？帅帅？矿区的帅帅几百个都不止，我哪晓得是哪个帅帅。

我心里正暗暗失望，却见田螺老太掏出一只胖手，指着西南方向说，不就想找个人嘛，哪有那么费劲，这矿区一共才多大，人多的地方你要是找不到，不会去人少的地方找？有人就是不喜欢热闹。西花矿和青沿矿

之间不是有座小桥吗，过了桥再走个五六里地，那边有两个村子，一个王郭村一个青沿村，我听人说，现如今王郭村和青沿村已经变成鬼村了，一个人都没有了，因为村子下面的煤矿都采空了，煤矿一采空，上面的村子就跟着塌陷下去了。不过，两间囫囵房子肯定还是能找出来的，说是他们村的人都搬进回迁楼去了，那空下来的房子里啊，肯定还住着什么人。

我扭脸看了田螺老太一眼，只见她的两只胖手又放回到大口袋里去了。我觉得都不用进深山，就在这田螺壳里待着，时间长了，也能修炼成精。正在这时候，门帘一挑，那个扛着电影机的年轻人进来吃面了，他居然还在这儿，他看见我也在这儿，浓眉一挑，惊讶地说，老哥，你还在矿区啊，我以为你早走了呢。我心想，这话应该我问才对。我指了指脚下，说，我最近都在地下待着，你在地上，所以咱们碰不到面。他更惊讶地说，地下？老哥你斯斯文文一个人也去挖煤了？我说，你不挖煤，在矿区待着靠什么生活？他不以为然地说，我以前不是做过剪辑师嘛，实在没钱了就接点活，帮人剪剪片子挣俩钱，等钱花光了再去接活。老哥，正好和你说说，我也没人可说，我现在特想拍一部关于矿工的电影，拍出来肯定能获大奖，但矿工都不让我拍，他们很务实的，挣不到钱的事情不干，我又没钱，想到井下拍吧，又不让我下井。

听到有人替我把心里话说出来了，不禁吓了一跳，好像他是从我身上分裂出去的一部分，转而又有些欣慰，即使我不去拍，也有人去拍这部电影。能拍出来就好。

我说，拍不到井下你就拍井上嘛，反光镜里的角度或许更好，珀尔修斯砍掉美杜莎的头的时候，哪敢从正面看美杜莎，还不是从镜子里的反光看着美杜莎。他有些狐疑地看着我说，老哥，你以前到底是干吗的？我

说，我现在就是现成的矿工，可以给你当个小配角。他连忙问田螺老太要了一瓶汾阳王，咬开瓶盖，给我倒了一杯，给他自己也倒了一杯，然后端起酒杯说，老哥，这杯敬你，还不知道你的名字呢，最后演员表里也得有你的名字啊。我说，就叫矿工甲吧。田螺老太的声音不知从哪儿插了进来，她大概是平素做媒做惯了（做媒、中介、开面馆，真是复合经营），什么都喜欢牵线搭桥一下，她对年轻人说，这是二飞。他立刻说他叫小齐。我觉得这也不是一个真名，不过也不重要了。

在地下看水仓的时候，在黑暗中待久了，便仿佛拥有了一双透视的眼睛，能看到埋藏在黑暗中的形形色色的死亡，黑暗中埋着远古森林的尸体、枯朽的棺木、腐烂的种子、死亡的诗歌，甚至能看到那些被埋在矿洞深处的矿工的枯骨。在那种过于庞大过于辽阔的死亡面前，我感觉自己的一生真的就只是一个瞬间,随时会融入那巨大而黑暗的死亡当中去。这也让我感受到了名字的虚妄,大部分活着的都不会留下名字的,与其去争抢一个虚荣的命名权,还不如把自己镶嵌进喜爱的事物当中,变成它的一部分。就像那些刻在巨煤上的诗,也许是梁帅,也许是别的一个矿工,但一定是一个喜欢诗歌的人,他把它们刻在巨煤上,让那些诗歌最终变成了煤矿的一部分。那我呢,为什么不可以做个小配角,把自己化成电影的一部分?

我掏出一沓纸来摆在他面前,这是我在看水仓的时候抄下来的诗歌。我指着那些诗歌说,看看这个,地底下的诗歌,一个矿工写的,他才应该是你电影中的主角,把这个主角找到,你的电影也就成了。

接着,我给他讲了讲梁帅的故事,讲梁帅发表在杂志上的那些诗歌又出现在了地下的水仓边,讲他已经失踪八年了,八年时间里老婆儿子都没见过他,他却还隔段时间就

往家里送笔钱。末了,我说,你觉不觉得,他是这个主角的可能性最大?

小齐拧着两条眉毛做思索状,思索半天,又问我梁帅家住在哪栋楼哪个单元,说罢还拿出一个小本子,认真记在了上面。

6

第二天我便和小齐去了一趟王郭村。过了石桥之后,只有一条道路通往王郭村,还是条窄窄的土路,因为下面已经是采空区的缘故,走着走着,脚下的土路会像过山车一样猛地俯冲下去,再扬起脖子上来。还有的地方,土路中间忽然惊现一个大坑,深不见底,以为过不去了,却发现,不知是谁,用细细的木板在大坑上搭了一座简陋的旱桥。走在上面简直像在玩杂技,小齐小心翼翼地过了桥,我过桥的时候,望了望脚下的黑

洞，却不以为然地想，掉就掉下去了嘛，大不了掉到我昨晚看水仓的地方，然后我再从井口爬出去，反正对地下已经是熟门熟路了。半夜独自守在地心深处的时候，我甚至能听到来自地球肺部的呼吸声和它旋转时发出的嘎吱声，因为对地下日渐熟悉，我对死亡的恐惧都没那么深了，大不了再埋到地下去，也算故地重游。

远远地已经看到了村庄的影子，就在这时候，不知从哪里忽然冲出一只大黑狗，冲着我俩吠叫起来。这一声吠叫就像冲锋号吹响一样，哗啦啦变出了一大片狗，远远地，还有听到号角的狗正从村里拼命跑来，像参加大会一样。我大致数了一下，最少有二十只，有大狗，有小狗，有黑色的，花色的，黄色的，还有黑白相间的奶牛狗，基本上以土狗和杂交狗为主，夹杂着两只秋田犬和柴犬，还有一只跛腿的拉布拉多。我很快就发现，它们只是干叫，并不打算咬我们，此起彼伏的狗叫大约只是它们说话交流的一种方式吧。我开始以为，它们是想恐吓我们一下，但很快又觉得不像，它们的叫声里甚至还有点兴奋，会不会是因为它们平时很少见到人，忽然见到两个人，高兴得不行，欢迎都来不及。于是，我们往前走，它们也前呼后拥地簇拥着我们往前走，还有两只狗急匆匆地跑回村里报信去了。这种簇拥是我幻想了很多年的，一直幻想着自己有一天成为著名导演，走到街上都会被人认出来，被粉丝们围着拍照。眼下被一群狗簇拥着，虽然有点滑稽，但我觉得也挺温暖。自从去过地下之后，我就像一个死而复生的人，对一切都变得仁慈起来。

　　与狗的热情相比，村庄一片死寂，简直像一片荒凉的坟地。我们一边走，小齐一边拍，我看到很多房屋的墙壁上都出现了一道道或宽或窄的裂缝，有的房屋是倾斜的，半截塌陷进地下去了，甚至有的房屋一屁股就

坐到地里边去了，只在外面露出一个房顶。所有洞开的门里边都是一片狼藉，扔着一些被抛弃的旧家具、破衣服，有的地上扔着碎玻璃、旧年画、旧挂历，有一家还扔着一张黑白的遗像。我盯着那张遗像看了很久，大概是因为那照片里的人已经长眠于地下了，某种程度上讲，我现在是离他最近的人，因为我们都在地下。

大半个村子绕下来，却没有看到半个人影，难道说，这里的人全都搬走了，然后方圆十里的狗都搬进来了，并在这里成立了一个狗的自治村？我们走着走着会不会遇到狗村的村主任出来迎接我们，当然，狗村的村主任必定是一只魁梧的大狗，后面跟着该村的治安主任和妇女主任，当然也是两只狗。

心里正在疑惑的当儿，忽见簇拥着我们的狗都呼啦啦跑进了一个院子里，看来是这些狗的首府到了，我们便跟着狗进了院子。院子里有三间房，东西两间的墙上都有了裂缝，只有中间的那间看起来勉强算囫囵，门口还挂着布门帘。院子中间架着一口大铁锅，铁锅之大，足够在里面炖一头猪，院子周围则被垛得满满当当密不透风，长满了各种奇形怪状的塔。只见破桌子上坐着一只旧冰箱，冰箱上又长出一只方脑袋，是一只旧电视机，电视机上还卧着一只黑猫，好魔幻的塔。空罐头瓶和空酒瓶筑起了一座琉璃塔，踩扁的废纸箱和旧书旧报纸则构成了一座纸塔。简直有一种误入塔林的感觉。显然这都是捡破烂捡来的，总不会这些狗是靠拾荒为生吧，拾荒回来一起在大锅饭里吃饭？

我心里暗暗惊异，小齐则兴奋地对着院子左拍右拍横拍竖拍，正在这时，中间那间屋的门帘一挑，吐出个老人来。这种随时会沉没到地底下的房子里居然还住着活人？居然还在有条不紊地过日子？这和巨轮沉没之前，那些在甲板上拉小提琴的艺术家有什么区别？我向老人走过去，问，大伯，你怎么

没搬走啊？老人看起来最少也有八十多岁了，可能耳朵已经不太好使了，我说话的时候，他恨不得把一只耳朵摘下来摆到我面前，可还是听不清，你说的啥？我只好对着那只耳朵使劲喊，你怎么没有搬走？

这回他听清楚了，立刻拽着我的胳膊说了起来，好像生怕我会跑了。老人说话的声音简直震耳欲聋，有点像吵架，估计是因为自己听不清，便生怕别人也听不清，必须使尽全力才行。我猜测老人年轻时候八成是下井的矿工，因为井下割煤的噪声很大，大部分矿工的听力都受损了，再加上在井下说话的时候必须扯着嗓门，所以即使回到了地面上，说话也像吵架。果然，他说他下了一辈子的煤窑，做了一辈子的临时工，到退休都没有转正，矿上分楼房的时候也没他的份，退休了也没有退休金，可他在这矿区住了几十年了，习惯了，他老伴早就走了，儿子前几年得病也走了，就一个闺女还嫁到外县了，他老了，哪儿都不想去了，就想在村里待着，后来村里人都搬走了，说是村子下面采空了，就他一个人没搬走，谁让他搬走他就死给谁看，八十六的老儿了，怕个甚？他种了两亩地，吃的不愁，不种地的时候就去煤城捡点废品，换两个零花钱。

我说，大伯，你一个人住不害怕？他根本听不到我说什么，也不想听，只是拽着我那只胳膊不肯松开，自顾自地说，周围的几个村下面都空啦，说塌就塌啦，搬走的时候，很多人家就把养的狗留在村里了，不想带到楼房里去，还有的人家把狗关在屋里，把狗活活饿死，造孽啊。结果，村里的人是没了，留下了二十多条狗，都变成没人管的流浪狗了。有的狗跑去找主人，结果被东花矿的那些南蛮子们捉住吃了。他见狗实在可怜，就喂些吃的给它们，结果，方圆十里的狗都闻讯来投奔他了，他一个人养了二十多只狗，还养了五只猫，也是人家搬走的时候

丢下的，他们怕猫跟到新家，就把猫装在袋子里，把袋子口用绳子扎紧，再扔到野地里去。

说到这里，他终于松开我的胳膊，抹了眼角一滴浑浊的老泪，冲着那条黄色的拉布拉多招了招手，嘴里叫它，黄黄，过来。黄黄跛着腿摇着尾巴过来了，它很礼貌地舔了舔我的手，然后便用头不停地蹭我的腿，一边蹭一边不时抬起头，小心翼翼地观察着我的脸色，这大概是它所习得的能讨好人的唯一方式。他指着黄黄的腿说，这条狗也不知道是从哪里流浪过来的，不知道是哪个村的还是矿上的狗，反正是没人要了，刚来的时候它这条腿整条都血糊糊的，爬着一层黑苍蝇，我给它敷上香油，用布包起来，后来居然慢慢长好了，这狗可通人性呢，你让它坐下它就坐下，让它走它就走，它能听懂人说话，不信你试试，你让它坐下。

我没试，只是摸着它的头，它便更用力

地蹭着我的腿。我想起包里还放着一个面包，因为早晨没吃饭，出来的时候就在包里装了一个面包。我忙把那个面包拿出来，喂给黄黄吃。它怯怯地看了我一眼，然后一口把面包接了过去，只两口，那只面包就不见了。吃完面包，黄黄也跑开了。老人指了指院子里的大铁锅，说，我每天给它们煮一大锅饭，我还有两亩地，地里下来什么吃什么，好面、玉茭面、红薯、南瓜、山药蛋、胡萝卜、蔓菁，都一锅煮了，它们对吃要求也不高，有口吃的就行。我又扯着嗓子问老人，这么多狗，你一个人怎么能喂得过来？他把两只手笼在袖子里，笑眯眯地说，世上还是有好心人的，有个好心人时常在我门口放些吃的，放点肉骨头放点杂碎，这些狗啊，老吃不到肉，为了抢一块骨头都能打起来。

正在这时候，黄黄又一瘸一拐地跑回来了，它跑到我身边使劲摇着尾巴，我这才发现，它嘴里居然叼着一本书，八成是从那堆

废纸里叼出来的。老人说，黄黄是要把这本书送给你哩，你刚刚喂了它好吃的，它要回报给你哩，你看看，多通人性。

看到黄黄叼来一本书要送给我的时候，我的第一反应是，黄黄肯定不是第一次这么做，对于一条拉布拉多来说，这不是一件很困难的事，当然，黄黄不识字，无法分辨出书的有用没用，但这不是最重要的。重要的是，对于狗来说，所有可以重复的动作基本上都是要经过训练的。也就是说，有人训练过黄黄，通过送给它吃的，训练它从院子里的废纸堆里把书叼出来。而黄黄则通过这种行为获得了一根骨头的奖赏，好不容易学会一种技艺，自然要报恩给所有对它好的人，而不管站在它眼前的是谁。

我从黄黄嘴里接过那本书的时候，手指微微有些颤抖，那是一本四年级的小学语文课本。我又想到了从梁帅家被拿走的那本《一千零一夜》，都是小孩看的书，拿走这两本书的会不会是同一个人？莫非，在狗村训练黄黄的也是梁帅？可是，他要这些书做什么？除非，他只是需要看到字，他需要和字相依为命，无论是被囚禁在哪里的字，他都要把它们解救出来。垃圾堆里的、废纸箱上的、烟盒上的、旧报纸上的、过期杂志上的、油腻腻的包装纸上的，甚至是用过的卫生纸上的。

可是，这样的人我只见过一个，也不可能有更多。我感到自己心跳在加速，一种突如其来的眩晕几乎让我站立不稳，不可能，不可能，那个嗜字如命的人，那个想把所有的字都解救出来的人，早在八年前就已经殒命于西花矿的矿井深处了。

这时候，我忽然有一种奇怪的感觉，我觉得有一双眼睛正躲在什么地方悄悄注视着我。猛一回头，却看到小齐正扛着电影机对着我，电影机的镜头也像一只眼睛，我与那镜头默默地对视了几秒钟，然后把目光移到

矮墙，移到墙外面。那里什么都没有，只站着两棵高大的杨树。

马上要到中午了，一群狗可怜兮兮地望着老人，等着吃饭，老人便开始给它们做午饭。这一顿午饭很像森林巫婆做的魔法汤，倒一些面粉，扔一些红薯、南瓜、土豆、萝卜、干豆角、蔓菁、卷心菜，就是没有肉，但众狗还是伸长舌头，眼巴巴地等着排队打饭。除了房子上有了裂缝，院子里还陷下去一个大坑，感觉这院子就像浮在采空区之上的一只诺亚方舟，方舟的船长是一个耳聋的老人，带着他的二十一只狗和五只猫。我一边帮助老人做饭一边扯着嗓子问他，大伯，你说的那个经常来喂狗的人长什么样？你见过他没有？老人像打雷一样回答我，人家是好人，从来不进院子来，连口水也不喝，照面都打不上一个，就有一回啊，我腿疼，就想晚些时候再去地里，出了院门，看见几只狗正在抢着吃地上的羊杂碎，那个喂狗的人已经走远了,我刚好看见那人一个背影影,也看不出年纪来,就看见那人头上好像戴着个帽子。我还赶紧招呼了一声,我说进锅舍来喝口水呵,人家也没听见,头也没有回一下。

那人戴着顶帽子。我记住了这句话。

晚上,我又进入地下,先是坐罐笼,然后坐猴车,下了猴车,徒步穿过漆黑的巷道,再一次来到水仓边,就像从黑暗跨进更深更纯粹的黑暗,再一次走进了黑暗的心脏。为了抵御地下的阴冷,我把风筒布裹在身上,那两只老鼠好几天都没有露面了,我喂它们的面包屑仍然原封不动地放在角落里,难道它们是从这地心里逃出去了?还是已经死在了地下,和那些人的尸体、种子的尸体、森林的尸体化作了一体?可能是半夜了,感觉更冷了,我只好绕着水仓一圈一圈地走,以获取一点微薄的热量。我一边走一边想,下井的工资是一个月一万块,还要在

地下待多久才能还清那笔债啊。我唯恐时间久了，自己会变成一个真正的矿工，和所有那些矿工一样，一天当中唯一的一点希望就是，赶紧上井喝点酒。他们是一群没有未来的人，因为，在井下，时间是死亡的，而时间死亡，未来就必定会同时死亡。我怕时间更久，我甚至会变成一块真正的煤，镶嵌在漆黑的煤巷里。

我再次抚摸着那些刻在巨煤上的诗行，把脸贴上去，想感受到它们的温度。那个同样被困在水仓边的人，正是通过这样的方式，才为自己发明了一种地下的时间吧，刻一首诗需要一个晚上，那一个晚上的时间就是一首诗，那每刻一个字就是一个钟头，对时间的创造成了他在黑暗中的一颗心脏，支撑着他在漆黑的水仓边度过了一个又一个黑夜。那么我呢，黑暗中支撑我的那颗心脏又是什么？我又想起了我看过的那些电影，便拣出那些最难忘的电影在脑子里回放着，好像在我的脑子里搭起了一座寂寥的放映室，放映员是我，观众也是我。看着看着我忽然就泪流满面，这世界上还有电影，是一件多么美好的事啊，是谁拍出来的真的一点都不重要，重要的是，它已经存在在这个世界上了。我必须帮小齐找到电影的主角，哪怕最后谢幕的时候连我的名字都没有。

我盘腿坐在水仓边，开始苦思冥想。那些刻在巨煤上的诗行，梁帅家那本被顺走的《一千零一夜》，黄黄嘴里叼着的那本小学语文课本，看起来毫不相关的三样东西，可是如果抽掉表面上的一切，它们沉在最底下的东西其实是一样的，那就是一颗一颗的字，就像人无论高低贵贱，死后都没有任何区别，只剩下一节一节的白骨。那么在这矿区，什么地方是字出没最多的地方呢？我想到了一个地方。

第二天下了班，洗过澡吃过早饭，我便径直去了工人文化宫后面，那里有一座废弃

的小二楼，这座楼的一层是棋牌活动室，二层曾是西花矿的图书馆，整个二楼是打通的，只有一个空旷浩荡的房间。原来放着几排书架，书架上全是书，有关于采煤技术的，还有些是关于历史的，有些关于文学的，我记得小时候张云飞还带着我来这里借过小说，多是些武侠小说和琼瑶的小说，还可以借到《平凡的世界》《穆斯林的葬礼》《战争和人》之类的小说。每本书的后面贴着一张借书卡，借书的时候要在上面填上名字和日期。后来西花矿倒闭了，西花矿的医院啊、工人文化宫啊、卫生所啊、图书馆啊，全都跟着倒闭了。时间一长，这些建筑都演变成了废墟，也没有人拆它们，所以在矿区里游荡的时候，总是会碰到形形色色的废墟，倒好像走进了一座废墟博物馆。

我上了二楼。这是一个被遗弃在角落里的角落，许久没有人来过这里了，地上积了一层厚厚的灰尘，简直像毛茸茸的沙滩，几只或站或卧的书架上面也落满了毛茸茸的灰尘，看上去好像它们是被藻类和软珊瑚包围的沉船，而这幽暗寂静的图书馆则是一片深海，那些散落在地上的旧书则是海底的贝类。我往前走了几步，脚下悄无声息地腾起了烟雾，正好一束阳光从朝东的窗户里打进来，我都能看见，在那束光柱里，游动着无数的灰尘，就像海底嬉戏的小鱼。我走到那些书架前，大部分书都被人拿走了，也有可能是被捡破烂的拿去换钱了，还剩下一些书零零散散地躺在书架上或地上。

我环顾四周，阒寂的海底，毛茸茸的珊瑚丛中只游弋着我一个人，很久没有人来过这里了，甚至根本不会有人记得这里。我找到一把同样长满珊瑚的椅子，随手擦了擦便坐了上去。更多的阳光从那扇窗户涌入，斜斜降落，然后不动声色地在地上行走。

我一动不动地盯着那阳光的脚步，倒好像，它才是活物，而我只是个静物。忽然，我发现，在那阳光的脚印下还叠着一层脚印，那是人的脚印。我慌忙起身，在那脚印的旁边留下一个自己的脚印，对比了一下，显然，那不是我的脚印，鞋底都不一样。既然脚印还没有被淹没，那说明不久前还有人来过这里。我又环顾了一下四周，还是深海一般的死寂，并没有任何人迹。来这里的人，如果不是为了从沉船里打捞那些旧书，还能为什么，总不会来这里就为了发个呆或睡个午觉吧。而那些旧书，剔掉衰老陈旧的皮肉，剩下的，也是一颗一颗的字。

所有的一切似乎都和字有关。

从图书馆出来，我绕到菜市场买了一条草鱼，然后拎着鱼又去了梁帅家里。梁帅的老婆正在做午饭，满屋子的羊肉味。她开了门，先看了看我手里的东西，然后又一把把我拖进去，大嘴里还不停抱怨，你也是，还拿东西做什么，想来就来，响午就在我家吃饭，不许走，这不是有人前些天给了我一个冬瓜，我就想着用这冬瓜煨了羊肉吧，要不怎么吃呢，那么大一个冬瓜，一大早我就蒸了一锅花卷子，又去割了二斤羊肉，你说现在，一根葱都得花钱，没钱就只能逮着喝西北风，不是？

见我坐在沙发上手里还拎着那条鱼，她像只猫一样一把把鱼夺过去，说，看看你，还带东西，下次可不能带了，我这就把鱼也炖喽，咱们冬瓜羊肉就花卷再就鱼。午饭刚做好，那个对我直翻白眼的小胖孩就回来了，好像是专门卡着点回来的，他依然对我翻了个白眼。

一碗冬瓜羊肉摆在了我面前，我也就不推辞，和他们一起吃了起来。我边吃边问，梁帅以前去矿上的图书馆借过书没有？她一边吃一边唾沫横飞地说，以前常去，还有一次把图书馆的一本书藏在衣服里偷了回来。停顿了一下，她忽然笑眯眯地转折道，你饭量真不错呵。

我有些尴尬，但没接应她的话，又问了一句，梁帅在王郭村和青沿村有没有亲戚？她啃起了一块羊骨头，因为嘴太大，居然嘴里塞着羊骨头还有空隙说话，她边啃边说，有啊，他二姑就是嫁到了王郭村，以前他二姑还活着的时候，逢过年和八月十五他都要去王郭村走亲戚的。说到这里，她忽然又毫无征兆地补充了一句，你饭量真不错呵。

我实在不敢再吃了，连忙把碗放下，她撂下脸子训斥我道，吃呵，快吃呵，那么大一个冬瓜，二斤羊肉放进去，放开肚皮吃，是不是不好吃？我连忙又端起碗，说，好吃好吃。说罢飞速往嘴里倾倒，然而，就在我吃完最后一口之前，耳边还是不顾一切地飘来一句，你饭量真不错呵。

我心里已经对梁帅充满了同情，如果让我和这样的女人结婚，我也巴不得躲到什么地方隐居起来，只是尽义务每月送点生活费，至于和她见面，罢了，能不见则不见吧。想到这里，我又有点同情起眼前的这个小胖孩来，父亲常年失踪，又有这样一个母亲。趁着他母亲去厨房刷碗，我便极尽和蔼地问了他一句，小胖，你学习怎么样啊。他恨恨地说，你才是胖子，我叫梁东东。我挑了个安全的话题，说，东东，你平时都喜欢玩什么游戏？我来和你玩。他不吭声了，只是从书包里往出掏作业本，看起来连中午都得写作业。他母亲忽然像旋风一样从厨房里卷出来，拿着抹布，一边擦桌子一边尖叫道，桌上全是油就能写作业？然后顺便对着我来了几句，冬瓜煨羊肉还剩下一碗，要不你再来一碗吧，我看你饭量挺不错的，家里的剩饭平时都是我吃，这不，剩饭全长到肚子上和屁股上了。说罢她唰地撩起衣服，拍了拍自己圆鼓鼓的肚子，还要拍屁股。我慌忙摆手道，不了不了真不了，我真的吃不下了。

  旋风又卷进了厨房，我也起身准备离

开，忽然，东东对我说了一句，你不是说和我一起玩游戏吗？还没等我开口，他又可怜巴巴地补充了一句，学校里都没有同学和我玩。我一下就明白了，一个小胖子，学习又不好，还没有父亲，在学校里自然是被周围同学看不起的，有时候孩子们身上带的那种天然的兽性比成人还强烈，因为他们还没来得及被驯化。我问，你想玩什么游戏？他眼睛发亮地说了一句，玩警察抓坏人的游戏。话音刚落，那股旋风又从厨房席卷出来，差点把我和小胖子都卷到半空中去，只听她的声音从四面八方威压过来，还想玩？赶紧写作业去。

在回去的路上，我还在想，这顿冬瓜羊肉真是难消化，被人家足足提醒了四次，你的饭量可真不错呵，好像我吃下了一整头猪。同时我又暗暗思忖道，梁帅可能就是不想见到他这个老婆，离又离不了，便干脆找个地方躲了起来，他对王郭村熟，那儿又几乎没什么人住了,他很可能就躲在那附近,看来,那个去王郭村喂狗的人也很可能就是他,因为他和张云飞一样爱看书,每次喂完狗,就指使黄黄从废纸堆里拿一本书给他,时间长了,只要有人给黄黄吃的,它便觉得要给人回礼,不能白吃。而回礼就是一本废纸堆里的书。可是,他为什么不自己进院子里拿书?

7

第二天上午,小齐主动约我一起去青沿村看看,青沿村和王郭村相距有三四里地,算是邻村,下面也是采空区了,说不来哪天就沉没到地底下去了。

在出发之前,我特意去小卖部买了几根香肠。小齐扛着电影机正在桥头等我,过了桥,我们还是沿着那条窄窄的土路往前走。走在那条路上的时候,那种奇怪的感觉又出现了,就是,我老觉得背后有一双眼睛正看着我。回头一看,背后什么都没有,便觉得自己都有点疑神疑鬼了。

走着走着就出现了一个岔路口,一个路口通往王郭村,另一个路口通往青沿村,去往青沿村还得翻过一座小山,所以青沿村更为偏僻。岔路口正守着两只狗,看见我们过来,其中一只狗叫了几声,就像打了一声悠扬的口哨,其他狗闻讯都朝我们跑了过来,因为上次见过了,它们也不咬我们,只是围着我们转,还用半是讨好半是乞求的眼神瞅着我们。好像一群留守儿童终于盼来了看望它们的人。我拿出包里的那几根香肠,分给留守儿童们,它们争着抢着吃完,又抬起头可怜巴巴地看着我。我像打哑语一样摊了摊双手,表示实在没有吃的了。尽管如此,在我和小齐往山上走的时候,还是有几只狗一直跟着我们,好像吃人嘴短,它们有义务陪伴我们一程似的,也可能它们还在耐心地等待,看我还会不会从包里再变出一根香肠来。

没想到小山上还有一片茂密的树林，基本上以白桦、红桦、橡树、云杉、油松为主。走着走着便看到一片红白相间的桦树，有的红桦鲜艳得简直不像一棵树，而像一支正在燃烧的红蜡烛，那些白桦上则长满了大大小小的眼睛。乍一走进林子，就好像走进了一座千手观音的殿堂，有无数双眼睛正从四面八方看着你，或慈悲，或阴冷，或愤怒。我从树干上撕下一块雪白的桦皮，小的时候，我和张云飞用这桦皮做过书包，做过桦皮桶，我还在桦皮上写过好几封信，想寄给一个从矿区搬走的发小，后来我再没见过他，也无从得知他的地址，所以那些桦皮信一直没机会寄出去。橡树下面落了很多果实，小的时候，我们给这种果实起了个十分娇憨的名字"橡橡"，树下有只小松鼠正在打磨一只橡橡，见有人过来，抱起橡橡，甩着大尾巴荡了个秋千就不见了。油松下面则铺着一层厚厚的松针，真像是用松针一针一针织出来的毯子。

　　我坐在了松针毯子上，小齐正举着电影机拍桦树林，我故意说，你的主角什么时候才能走进你的电影哪？他躲在镜头后面说，我想过了，找到那个诗人的方式有很多种，不一定拍到他真人才是他，你看我连狗都拍。我不再和他搭话，索性躺在了松针毯子上。不知为什么，我感觉在那些桦树眼睛的后面，还是有一双眼睛正看着我，爬起来看了看四周，除了我和小齐，就是这片寂静的树林。

　　我又重新躺下，阳光透过树梢的缝隙筛落下来，落在我和小齐身上，也落在那几只狗身上，这使得它们在一瞬间变得不再像流浪狗，倒像是美丽孤冷的金钱豹。一只黑色的大鸟从我头顶滑翔而过，落在了不远处的一棵大油松上。我认得这种鸟，矿区的人们都叫它"沙和尚"，这种鸟喜欢学人说话，不知道是不是八哥的近亲，所以小时候

我们经常把这种鸟捉来养在笼子里。矿区的早晨灰蒙蒙的，有一种天地未开的混沌，刚一推开房门，忽听见一个滑稽而苍冷的声音回荡在灰色的空气里"上学，上学"，却看不到说话的人。原来声音是从屋檐下的鸟笼子里传出来的。下午放了学，它还会冷不丁对你说一声"作业，作业"，就像一个单口喜剧演员正守在门口。我正回忆着小时候的情形，那落在松枝上的"沙和尚"忽然开口了，它冲着我扯着嗓子喊道"给钱，给钱"。

小齐惊讶地在空中寻找谁在说话，我刚开始的反应是觉得好笑，这鸟还和从前一样贫嘴。紧接着，我突然意识到了什么，背上顿时爬过一缕阴凉的感觉。它之所以能学会这句话，一定是因为有人在这林子里说过这句话，而它作为一个旁观者，不仅学会了，还不时拿出来卖弄一下。

我闭上眼睛琢磨着这件奇怪的事，但毕竟是刚下夜班的人，再加上阳光煦暖，我很快就躺在那里睡着了。等我再醒来的时候是被小齐使劲摇醒的，他正前言不搭后语地讲着什么。听了半天我才听明白，原来是他看我睡着了便自己往山里走，想着能不能多拍点东西，几条狗开始时跟着他，后来它们便自顾自地往前跑，一边跑一边叫，他觉得有点奇怪，便跟着狗跑。后来那几条狗跑到了一个废弃的矿坑前，朝着那黑洞洞的矿坑使劲叫个不停。他虽然也有点害怕，但一想到可能会拍到一些意想不到的素材，便豁出去了，他打开手机上的手电筒爬进了矿坑里。然后，在离坑口约十几米的地方，他看到躺着一个人，那是一具已经腐烂的尸体。

说到这里，小齐用恐惧却掩饰不住得意的声音对我说，我都拍下来了，然后才报的警，飞哥你别说，这地方，还真是有东西拍，这不，命案都出来了。我佩服道，小子，看见尸体你都不害怕？小齐豪迈地说，不害怕是假的，哥们儿也是为了艺术豁出去

了。然后拍着黑狗的脑袋,感慨道,狗才是先知,它们能闻到人闻不到的气味。

在采空区发现一具尸体的消息很快传遍了煤城,无论是正在等人车的矿工,还是家属楼下缺胳膊少腿的老矿工们,还是在菜市场买菜的老太太们,全在议论这具突然飞来的尸体。田螺老太有个侄子在公安局上班,所以她那田螺壳一般的面馆忽然变成了一只肉罐头,吃面的不吃面的都塞在里面,挤得满满当当的,连一丝缝隙都不留。田螺老太本来就好客,最见不得冷清,忙拿出瓜子招待客人们。众人一边嗑瓜子一边抽烟,一边吃面一边喝汤,我也夹在其中,一边嗑着瓜子,一边等着田螺老太发布关于尸体的最新消息。田螺老太像讲评书一样,清清嗓子,不时地从大口袋里掏出关于尸体的最新进展。公安已经查明尸体的身份了,是镇城矿综采队的一名临时工,而镇城矿那边也已经确认了,原来就是前段时间从镇城矿消失的那个临时工,在山上被人勒住脖子勒死了。班长还曾以他为例,向我痛斥临时工的不靠谱,连个招呼都不打,想走就走?

第二天,第三天,我继续去面馆吃面、喝汤、嗑瓜子,为了拖延时间,还要了一瓶老白汾,一小口一小口地抿,总之就是想尽办法赖着不走,中午实在困了就趴在油腻腻的桌子上眯一会儿。果然,老机器猫又从口袋里变出了最新的消息,除了王郭村住着一个靠捡破烂为生的老人,青沿村还住着一个从外地来的流浪汉,他们作为周边村里唯一的居民,都被警察带去询问了,询问的结果是,老人说有个好心人时常过去帮他喂狗,他不知道这人长什么样,只知道这人戴着个帽子。那个流浪汉则说,他时常在山里找银盘,有一次找银盘的时候,他远远看见有两个人影正站在一棵松树下说话,看不清脸,也听不清说的什么,只记得其中一个好像戴着顶帽子,他当时也没多想,换了个方向,

继续找银盘去了。

　　银盘是一种松树下才会有的蘑菇，就像木耳只会长在橡树上。我忽然想起那天我们在山上休息的时候，那只落在松枝上的"沙和尚"大声对我喊道"给钱，给钱"。会不会是因为，那只鸟其实是流浪汉之外的第二位目击者，因为它当时就在他们头顶的松枝上，所以学会了他们其中的某个人说过的某句话。看来两个人是因为钱的问题吵了起来，最终，其中的一个把另一个给杀了，并藏尸矿洞。但那具腐烂的尸体上并没有帽子，也就是说，是那个戴帽子的把不戴帽子的杀了。这又分为两种情况，一种是不戴帽子的欠了对方的钱，被追债又实在拿不出钱，最后干脆被对方杀掉解恨，另一种是，不戴帽子的向戴帽子的敲诈一笔钱，数目应该还不小，所以最终导致了对方的杀人灭口。

　　我买了一条烟送给综采队的队长，见他

脸色还不错,便试探着向他打听那个死去的矿工。队长大概正想找人聊这个话题,当即把烟拆开,自己嘴里叼了一根,还递给我一根,我连忙起身给他点烟,然后两个人便云雾缭绕地聊起来。队长心有余悸地说,你说这个马德志吧,死都不会死,死个工亡还能给老婆孩子挣一笔钱呢,他倒好,刚来矿上半年,还是个临时工,就让人给杀了,杀他的人要是逮不住,他不就白死了?不过就算逮住,他也活不过来啊。

原来,这个死掉的矿工叫马德志,最早是西花矿的矿工,后来西花矿枯竭了,他又去了东花矿,从去年开始,东花矿也支撑不下去了,他便又从东花矿去了镇城矿,以临时工的身份继续下井。说到这里,队长又皱着眉毛,像大象一样从鼻孔里喷着烟说,临时工最难管,还有个狗日的临时工,叫什么张向川,最近也旷工了,电话也不接,该不会也死到哪个矿洞里了吧。

我在身上揣了几包烟，又去了人力资源部，打算见人就散烟，结果办公室里就坐着一个五十多岁的女人，顶着一头爆米花，涂着大红色的口红，正在嗑瓜子。我还是把烟奉上，说一个矿工是我亲戚，好多天不来上班了也找不着人，想查查他的出勤情况。女人不紧不慢地抖出一根烟来叼在红嘴唇上，我连忙帮她点上，说，姐也抽烟啊。她白了我一眼，说，不是你让我抽的？我可是娄烦人，你以后可记住了，去了娄烦给女人们也得打一圈烟，娄烦人嘛，就待见两样东西，纸烟和山药蛋，有事没事，先把纸烟挂在嘴上，每天中午，也不管吃什么，先削下两个山药蛋再说其他。说到这里，她忽然笑了笑，斜睨着我，意味深长地说，该不会那死掉的矿工是你亲戚吧？

我打了一个机灵，忙说，你说那矿工啊，我压根儿不认识，姐，我知道，娄烦曾经是匈奴的一个古国都，所以你们娄烦人大部分都是匈奴的后裔，性情都比较爽快，和东花矿的那些南蛮子一点都不一样，南蛮子曲里拐弯的。她很受用地笑了几声，然后便不再说话，而是把两条短腿都搭在桌子上，开始很享受地抽烟，我便在烟雾缭绕中赶紧查矿工们的出勤表。确实有一个叫马德志的矿工，他来镇城矿的时间并不是很长，大概有大半年，在镇城矿，他只在综采队和掘进队待过，大概是因为在这两个队赚钱最多，他最后一次的出勤也是在综采队，我注意了一下那个日期，是11月5日。

紧接着，我又找到了那个叫张向川的矿工，他来镇城矿的时间远比马德志要长得多，大概在镇城矿待了有五年左右。我翻着他曾待过的那些岗位，忽然，我惊讶地发现，这哥们儿在镇城矿居然也看过水仓，不只看过水仓，他还在变电所待过，还看过井下的炸药库，甚至，还在风机口待过三年多时间。风机口都在离煤矿很远的荒山野岭

里，那是坑道的出风口，得有人不分昼夜地看守着风机，因为一旦通风坏了，井下的矿工都会窒息。风机口因为都很偏僻，没有水、没有电、也没有吃的，看风机的工人一般要一个星期进一趟煤城，备足水、粮食、蔬菜和蜡烛，再搭矿上的运煤车过去，如果没有运煤车，就自己骑摩托车或自行车过去，愿意像骆驼一样扛着水和食物徒步过去也没问题。旷野中连条路都没有，所以看风机的工人还得自己在旷野中踩出一条路来。最关键的是，这个岗位也极其孤独，十天半月都没人和你说话。比看水仓强的地方是，起码还能拥有白天和晚上。我听说，那些看风机的人，最多看上一个月，就必须得跑到县城去花点钱，不然会憋疯的。他们在县城里见什么吃什么，见什么买什么，哪里人多往哪里钻，人家要走，他们哭着喊着不让人走，拉住一个聋哑人都能说一天一夜的话，还总嫌一条舌头不够用，应该多长几条才好。干过这工作的人会对人产生一种近乎奇异的嗜好。

我盯着那出勤表看着看着,忽然又发现了一个问题,他待过的这些岗位,无论是看水仓、看风机、看变电所还是看井下炸药库,都有一个共同特点,那就是,都是一些很孤独的岗位,只需要一个人在岗,用矿工们的话来说,都是一些地上地下的禁闭,收入也比一线要少,是矿工们最不愿干的工作。而他在镇城矿的五年时间里,做的基本上都是这些最孤独的工作,直到他消失一周前,才调去了综采队。在综采队干了一周之后,他就消失了。我看了看他最后一天签到的日期,是 11 月 5 日。

8

白天在煤城里走路的时候,只要看到前面有个戴帽子的人,我一定要追上去看看他的脸,但每次看到的都是陌生的面孔。有时候,我感觉有一个戴帽子的人正站在我身后看着我,猛一回头,背后却什么都没有。

在深夜的地底下,在黑暗之眼般的水仓边,在一块块巨煤的俯视下,有三个人正围成一圈聊天,我、马德志和张向川。而马德志和张向川都是透明的,我可以径直从他们的身体里穿过,还可以代替他们说话。我对着张向川说，我知道你也看过水仓，水仓周围的这些诗是不是就是你刻上去的？为什么你在矿上做的都是一些最孤独的最没人愿意去做的工作？这是巧合吗？不会这么凑巧吧，一定是你自己愿意去的。可你为什么愿意去这些岗位？因为你喜欢孤独和清静，还是，你只是怕见人？为了能和人少打交道，你情愿去那些最孤独的岗位。那么，你又为什么怕见人呢？莫不是，你怕别人认出你来？

我又对着马德志说，你肯定是一个人养着一家老小吧，所以西花矿倒闭的时候，你赶紧去了东花矿，而东花矿也濒临倒闭的时候，你又赶紧去了镇城矿，从一个煤矿到另一个煤矿，其实什么都没变，始终都是在地下挖煤，你是不是早已经厌倦了这样的生活？但一去镇城矿，你还是先去了综采队，就是为了能多赚些钱吧？你在山上被杀，是不是因为你在死之前问什么人要过钱？给

钱，给钱。你可能还不知道，有一只鸟目睹了那个过程，但它只能很破碎地讲述出它的恐惧。

我端坐在黑暗之眼的旁边，在虚空中摆出一副黑白棋谱，看似是张向川和马德志在对弈，而其实我才是最忙碌最疯狂的那个，我帮张向川走一步，再帮马德志走一步。张向川因为需要一笔钱而最终进了综采队。马德志在综采队原地不动。两个人都需要钱，两个人各自前进一步。马德志见张向川是生面孔，便拉他入伙说挣笔大钱。张向川前进一步，答应下来。两个人各前进一步（挣钱方式不明），一笔钱到手了。分钱的地点是在山上的大松树下，张向川向马德志要钱：给钱，给钱。马德志以退为进，说，钱肯定给你，但不是现在。张向川看要钱无望，便后退一步，说，看看你背后是谁。马德志扭头看身后的一瞬间，张向川勒住了他的脖子。

在深海一般的黑暗中，我已经完全变成了《象棋的故事》里的B博士，我一把把已经摆好的棋谱掀翻，又重新摆棋，嘴里还在拼命地自言自语，不对，不对，不应该是这样。于是我又重新摆了一盘棋，一人分饰二角，开始和自己对弈。张向川因为需要一笔钱而最终进了综采队。马德志在综采队原地不动。马德志前进一步，他认出了旧日熟人张向川，并握有张向川的某个把柄。张向川后退一步，想躲。马德志又前进一步。张向川又后退一步。马德志又前进一步。张向川不再后退，保持原地不动。马德志继续前进，他问张向川借钱，不，是要钱，不不，最合理的应该是敲诈勒索，只有这样才会招来杀身之祸。张向川以退为进，假意答应。交易地点是在山上的大松树下，马德志步步紧逼，威胁道：给钱，给钱，不给钱就把你的那件事说出去。张向川再次以退为进，说，钱这就给你，但你先看看你背后是谁。

马德志扭头看身后的一瞬间，张向川勒住了他的脖子。

我又想到，张向川的头上，应该是戴着一顶帽子的，便在那个透明的张向川头上又加了一顶透明的帽子。那个喂过黄黄，以期黄黄能叼出一本书来送给他的人也戴着一顶帽子，也许，图书馆里那些脚印的主人也戴着一顶帽子，还或许，把诗歌刻在这些巨煤上的那个人也戴着一顶帽子。这些人在黑暗中像群幽灵一样看着我，然后，他们慢慢叠加在了一起，变成同一个人，同一顶帽子，而帽子下面的那张脸却在不停地变幻着，就像川剧中的变脸，时而是一张完全陌生的面孔，时而是梁帅那张模糊的面孔，时而是那张我最熟悉不过此刻却最不愿意看到的面孔。那张面孔是张云飞的。

为了躲开这些鬼魅一样的面孔，我绕着水仓拼命转圈，我大声朗读刻在巨煤上的那些诗歌，我像舞狮一样使劲摇着头，挥舞着我头顶上的那束光剑,想把他们统统驱散。然而,他们还是寸步不离地跟在我身后,变着一种关于帽子的盛大魔术,时而是把一顶帽子变成无数顶帽子,帽子们纷纷扬扬落下,好像水仓里终于下起了一场等待千年的雪。时而又把无数顶帽子都杀死,只留下最后一顶帽子落在我头上。于是,我也成了那个戴帽子的人。我慌忙摸自己的头,还真有顶帽子,把那帽子摘下,才发现,那是一顶带着头灯的安全帽。正在这时,一个人影向我走来,我以为他不过是又一个戴帽子的幻影,便用安全帽上那束唯一的光向他砍去。他头上居然戴着一顶红色的帽子,但他不是幻影,而是一个真实的人。原来是半夜来查岗的瓦斯员。

显然,瓦斯员把我的情况汇报给矿上了,过了两天我就被叫去谈话,然后被客客气气地辞退了。因为之前,就是在那些最孤独的岗位上,有些矿工待着待着就待出了精

神病。

我在家里昏天黑地地睡了两天，梦境就像长长的煤巷，只是拼命往地心深处延伸，即将去往更浓烈更深不见底的黑暗里，我在梦境里走啊走，却怎么也走不出去，恍惚看到前面有个人影，我便拼命追上去，他却始终不回头，我看到他头上居然还戴着一顶帽子，等到他终于回过头来的时候，我却发现，他的正面和背面完全是一样的。忽然，从很远很远的地方传来一阵铃声，硬把我从梦境里拖了出去。原来是手机在执着地响着，是小齐打来的电话。他约我去田螺老太那里一起吃面，说有重大收获要和我分享。

一人一碗桃花面，拼了个凉菜，打来两碗面汤。还没来得及动筷子，他便亟不可待地打开电影机向我炫耀，他放了一段回放，回放开头是一栋灰头土脸的居民楼，我觉得有点眼熟，但又想不起在哪里见过，别说楼房了，就是自己突然出现在屏幕里的时候，都难免会惊骇，心想，这谁啊，不会是我吧。就是和自己相认都需要好一会儿，何况是一栋楼。前面五分钟都是镜头与楼房傻呆呆地对视着，彼此一句话都没有，我心想，拍了个没有技术含量的长镜头，还像捡到宝一样。便懒得再看下去，拿起筷子准备吃面，我刚举起筷子，就听小齐紧张地叫了一声，飞哥，快看。再看向电影机的屏幕时，发现里面多了个人影，人影走得很快，低着头进了楼道。我说，楼里住的人呗，这有什么稀奇的。他说，你继续看，仔细看看这个人。大约过了五分钟，那人又从楼门里出来了，我放大镜头细看，无奈拍的时候离得太远，唯一能看清楚的是，就是这个男人头上戴着一顶帽子，一顶普通的棒球帽，帽檐压得低低的，看不清脸。

帽子。我打了个激灵，忽然明白过来，怪不得这栋楼看着眼熟，因为我去过，梁帅家就在这栋楼的二单元二层。我看着小

齐，你拍到的？他得意地扬起一条粗眉毛，说，哥们儿绝对是为了艺术豁出去了，这段时间，我白天黑夜地守在梁帅家楼前面蹲点儿，又怕离得太近了啥都拍不到，人家都防着我了，后来我发现，他家对面那栋楼的一层有套房子是空着的，根本没人住，窗台上都长草了，我就把门锁撬开溜进去了，把机子架在次卧的窗户上，正好对着梁帅家那栋楼，我知道这样不太文明，但都是为了艺术。我就天天在那儿守株待兔，我就想，那梁帅又不是没往家里送过钱，既然送过，那肯定还要回来送，他老婆又没工作，他要不给家里送钱，他老婆拿什么养儿子。没想到守着守着还真等到兔子了，你看，兔子又回家里送钱去了。

我说，他进的倒是二单元，但光那二单元也还住着几户人家，你怎么知道那就是梁帅。他指着屏幕说，这种老楼，楼道都是露在外面的，你看，兔子爬到二楼就停住了，没有再往上爬。

这时候田螺老太的头忽然插到我们中间，几乎把鼻子贴到了电影机的屏幕上，她见怪不怪地说，我道是哪个帅帅，就是这家啊，说是这家的男人跑了，什么跑了，我估摸着，八成是死了，就剩下孤儿寡母，住在东户，西户没人住，钥匙还在我这儿，求我给卖出去呢，哪有那么好卖的，这不，几年了也没卖出去。

小齐立刻说，不可能，他要是死了，怎么还能给老婆孩子送钱，他是隔段时间就要往家里送钱的。

田螺老太把一张满月大脸收回去，斜倚在桌角，从口袋里掏出一把瓜子来，一边嗑一边说，你这是死板教条，谁说死了就不能送钱了，人死了，别人就不能送？万一有欠债的，有急着报恩的，总要想法子把死人的钱送回去，这和给死人烧纸钱是一回事，让死人收到钱，活人不就心安了？

这是一只已经修炼成精的机器猫。她吐出的瓜子壳落在地上，像从梦境身上落下来的鳞片，也是黑白的。地下是黑的，地上是白的；睡眠是黑的，醒来是白的；种子是黑的，花朵是白的；煤炭是黑的，火光是白的；死亡是黑的，活着是白的。那个戴帽子的人是白的，他落在地上的影子是黑的。整个世界就像一副巨大的棋盘，黑子和白子纷纷在其中游走、聚散、生死、转世轮回。我想起了那些发表在杂志上署名为"梁帅"的诗歌，那是属于白天的诗歌，而那些诗歌黑暗的影子就刻在地下两千米的巨煤上。我甚至也无从分辨，杀死马德志的到底是那个叫张向川的矿工，还是躲在一个假名字下面的梁帅，还是藏在梁帅名字下面的另一个更深的影子。

我想引诱老机器猫说出更多，婶儿，你是厉害人，都能直接去公安局破案了，你来说说看，给孤儿寡母送钱的人，去王郭村喂流浪狗的人，和杀人藏尸的人，这三个人有的是好人有的是坏人，可是，你觉得有没有一种可能，这三个人其实是同一个人？

老机器猫把两只手都伸进口袋里摸着什么，我盯着那只魔法口袋，期待下一秒钟里她会忽然给我变出一个黑色的影子来，然后像涂了显影液一般，那黑色的影子在阳光下渐渐长出了眉眼。但她只是摸出了一把花生，分一半给我和小齐，招呼我们快吃，然后，她一边也剥壳吃着花生一边笑眯眯地说，我是哪门子的厉害人，男人早早死在了井下，一辈子窝在这矿上，打交道的不是煤就是煤黑子，世上的事，看着千千万，说来倒去，其实就那么多，钱财、感情、活着、死了。就说最近吧，把我那公安局的侄子急得都上火了，老也破不了案，说是山上没监控，找不到线索，成天就是盯着矿上的那几个赖皮，我就和他说，不要老盯着那几个赖皮，就盯着那几个人啊，一辈子也破不了个

案。你看煤是黑的吧,可你要把它烧进炉子里,它就比什么都亮堂,好人也可能杀人啊,恶人有时候也讲良心。

我与那个站在黑暗中的影子对视了几秒钟,他也默默地看着我,不说话,也没有掉头离去,只是那么若隐若现地站着,看着我。忽听小齐大叫一声,哎呀,面都坨成一块了。

9

昨晚下了一场雪。早晨我一出门,整个煤城忽然变成白色的了,明晃晃的,以至于我疑心自己是不是穿梭进了另一重梦境里,有黑色的梦境就必然会有白色的,黑白梦池相守相噬,黑色死去的地方就会变成白色,同样,白色死去的地方则被黑色所占领,最终把世界变成两条黑白交缠的阴阳鱼。

我踩着厚厚的雪往菜市场走去,有些煤堆很高,没有被雪完全盖住,露出了一些煤块,就像在白色中裸露出了黑色的骨头,坦

诚到了残忍的地步。长椅上，石桌上，还有那些奇奇怪怪的座位上都落了一层毛茸茸的雪，一夜之间把椅子上的那些破洞都缝补好了，还为松树织了一顶白色的帽子，为月季的残骸镶上了一颗雪白的心脏。整个煤城似乎都要乘着一张白色的飞毯飞起来了，尽管我知道，只要太阳出来，煤城就得重新跌落地面，而黑色将再次吞噬白色。

我转了一圈，买了几条新鲜的排骨，往出走的时候，看到菜市场门口有个老人在卖糖葫芦，漫天白雪中绽出这么几点红，看上去既明媚又酷烈，我便忍不住买了两串。这个老人几乎一年四季都守在菜市场门口，应该是个退休的老矿工，大概因为在黑暗的地下待得太久了些，他对色彩有一种强烈的占有欲。春天的时候，他卖鹅黄色的香椿和榆钱，还有嫩绿色的春韭，夏天的时候，他卖各种鲜艳夺目的水果，绿色的西瓜、红色的草莓、黄色的杏子、粉色的桃子，秋天的时候,他去山上采摘柿子和核桃,卖金色的柿饼和青色的核桃,冬天的时候,他就卖大红色的糖葫芦。他一年四季都在忙着采摘颜色,有点像蜜蜂和蝴蝶,但他不是以吸食花蜜为生,而是靠吃这些色彩为生。

我打算去一趟梁帅家里,再打探一下梁帅的动向。这次我一定要避开午饭时间,不,是避开所有的吃饭时间,以免三番五次地被提醒"你的饭量真是不错呵",好像自己是抱着一只饭桶登门的。我提着排骨和糖葫芦来到梁帅家门口,敲了敲门,心想梁帅老婆这个时候应该在家。结果给我开门的是那个小胖孩,我赶紧讨好地把糖葫芦奉上,他似乎有点高兴了,没朝我翻白眼,还让我进了家门。一口气把两串糖葫芦吃下去之后,他更高兴了,告诉我他妈妈找了个工作,给人家收拾猪下水,五点多就上班去了,这几天他家天天吃猪下水和猪尾巴,说罢他还从冰箱里摸出一截猪尾巴,像舞蛇一

样在我面前炫耀了半天。我说你怎么不去上学，他说这两天感冒了，老师怕他传染给别的同学，就让他请假回家了。我这才发现他两个鼻孔下面各拖着一挂黄鼻涕，一边说话一边有节奏地把鼻涕吸回去，片刻之后，鼻涕再次悄悄探出了头，蜿蜒着向下爬去，他可能吸得有点烦了，捏着鼻子使劲把鼻涕一擤，然后在拖鞋的鞋底子上擦了擦手，动作一气呵成。我看得目瞪口呆，简直就是他母亲的翻版。

　　大概因为他母亲不在家的缘故，他处于一种极其松弛的状态，松弛到不想写作业，不但不想写作业，还要求我和他一起玩警察抓坏人的游戏。我想了想，觉得这小孩也怪可怜的，便答应了。第一轮我扮警察他扮坏人，当我把他从衣柜里找到并摁在地上的时候，他开心地尖叫起来，鼻涕一直挂到了嘴巴上，我找来卫生纸帮他擦鼻涕，他便仰面朝天，很顺从地使劲擤鼻涕。然后，我们又玩了一轮，这次是我扮坏人他扮警察，我装出破门而入要打劫的样子，让他举起手来不要动，这时候他忽然对我说，昨天那个叔叔也是这样进来的，我都没给他开门他就进来了，他有我家钥匙。

我脑子里嗡的一声，立刻意识到他说的是谁了，又想到梁帅失踪太久了，连他儿子可能都不认识他了。我观察着他的表情，小心翼翼地说，东东，应该是你爸爸回来给你送钱了吧，你是不是连你爸爸都不认识了？他抓起一把玩具手枪指着我说，那不是我爸爸，我认识我爸爸。我一边举手投降，一边继续试探，你还记得你爸爸长什么样啊，记性真好。他可能很少被人夸，一夸就把持不住了，咣一声拉开抽屉，从里面抱出一本相册给我看，里面基本是些旧照片，有他小时候的照片，还有他一家三口的合影。他指着一张一家三口的合影，合影里的男人和女人正坐在照相馆的椅子上，一个胖乎乎的小孩

戴着虎头帽坐在他们中间，双手还抱着一只苹果，那时候他母亲的嘴看起来还没有现在这么大，嘴角甚至还扬着一点笑容，那个年轻的男人脸上则没有笑容，眼神里还多少有点忧郁，毕竟是矿上当年的文艺男青年。这就是梁帅了。

小胖孩得意地向我炫耀，因为急着说话，都没来得及把鼻涕吸回去，结果一边说话一边用鼻孔吹出了一个大泡泡。他说，昨天我还把那叔叔吓了一大跳，他肯定以为我家里没人，没想到我没去上学，哈哈，把他吓得，我以为他是小偷来偷东西的，就拿起我的玩具枪说不许动，结果那叔叔不但没偷东西，还在桌上放了一沓钱，他放下钱就走了。

我赶紧问，你告诉你妈了没？他鼻子上的泡泡破了，紧接着又吹出一个，简直像一只游弋在空气中的胖头金鱼。胖头金鱼摇头晃脑地说，我妈一回来我就告诉她了，把钱也交给她了，我妈让我不要告诉别人，她说管他是谁送来的钱，有人给咱们送钱就好。

  我明显听到自己的声音在颤抖，但我还是努力用狼外婆一样慈祥的声音问他，你这么聪明，那你记不记得，昨天来的那叔叔长什么样？胖头金鱼一边吹着泡泡一边狡黠地看着我说，叔叔，你吃过汉堡包没有？我赶紧说，吃过。他舔了舔嘴唇说，一定很好吃吧，我也想吃。我额头上的汗都下来了，我变得无比紧张、恐惧，还带着一点点莫名的兴奋，我语速很快地下承诺，我可以给你买，可是矿区没有汉堡买啊，我明天就去县城给你买。胖头金鱼没有说话，只是悠闲地玩着鼻孔里吹出的泡泡，这条金鱼也快要成精了，看来在这矿区待久了，什么都能成精。我急中生智，从身上掏出一百块钱递给金鱼，诱惑他道，这张钱给你，够你买三四个汉堡了。他迟疑了一下，大概在心里换算了一番，便把钱装进了口袋里，还检查了一

下有没有装好,然后又很警惕地叮嘱我,那你不要告诉我妈。我赶紧和他拉钩,嘴里说,拉钩上吊,一百年不变。

他又擤了把鼻涕,擦到鞋底,这才慢慢吞吞地说,长什么样,就那样呗,就是两只眼睛,一只鼻子,一张嘴巴,他还戴着个帽子,把眼睛都快挡住了,不过,他有三只耳朵,我看到他的大耳朵前面还长着一只小耳朵,那只小耳朵看着可好玩了。

在那一瞬间,我的腿几乎抖得都站不住了。因为,我对那只小耳朵太熟悉了,准确地说,那是一只赘生的副耳,本来可以通过手术割掉的,但因为家里没钱,只好让那只累赘的小耳朵一直留着,毕竟,它不会影响人的生活。小的时候,我经常拿那只副耳开玩笑,还给他起了一个外号叫"三只耳"。

我在白茫茫的天地间走着,不知道自己到底要走到哪里去。梁帅,在地下把诗刻到巨煤上的人,喂流浪狗的人,从黄黄嘴里拿到旧书的人，大松树下和马德志说话的人，杀人抛尸的人，所有的人都重合到一起去了，他们像金属被熔化在一起，然后被重铸，变成了一张我再熟悉不过的面孔。我忽然明白了，为什么我总感觉背后有一双眼睛看着我，为什么那个在各种孤独岗位上躲了五年的人最后会出现在综采队，他要挣钱，挣钱的原因是为了我。因为他看到了我的失败和落魄。

我从上午一直游荡到下午，感觉不到饥饿，也不知道自己到底在做什么。直到下午的光线已经开始转暗，地上的积雪也开始发青的时候，我才意识到，又一天要过去了，而他应该还在这矿区里。我必须告诉他，赶紧走，赶紧离开这里，不管去往哪里，都要先离开这里。

等我找来油漆和刷子的时候，天已经黑下来了，此时如果站在山顶上往下看，就会看到，黑暗广袤的大地上撒了一把如豆的灯

火,那把灯火看起来那么孤单那么孱弱,随时会被周围海一样的黑暗吞噬掉,这把灯火就是煤城。那些灯火又像一盏盏盛开的莲花,每一朵莲花里坐着一个人,这个人正在等待着一个地下的活人归来。那个地下的世界结构复杂,曲径通幽,像一座被埋在地底下的黑色王国,它的面积甚至已经远远超过了地面上的煤城,无数矿工不分昼夜地在那个王国里劳作,却从来没有人见过那地下的国王。其实那国王一直陪伴着他们,黑暗就是那里的国王。

我找来一个矿灯戴在头上,用一束微弱的光劈开黑暗,就像用镐头挖开地下的森林。我就着这束微弱的光,用刷子蘸上油漆,在那些废弃的建筑物上写诗,都是那些来自地下的诗,我把那些刻在巨煤上的诗一字不落地复制在了这些沉默的废墟上。

我相信,有的鸟会变成一块煤,有

的花会变成一块煤，有的鱼会变成一块煤，有的乌云变成一块煤，有的雨水变成一块煤。而我们不会再变了，因为我们生前就是一块煤。

望着清扫落叶的环卫工人，感谢落叶，赐给他们一份糊口的工作，感谢落叶，在地下等了我亿万年，赐给我动荡的人生。

我现在所有的疼不是来自煤矿，不是来自矿工的身份和矿井的黑暗，而是作为人终归要重回地下的那份绝望。

油漆是红色的，在被灯光罩住的一瞬间，就好像，那些深埋在地底下的诗歌流着鲜血复活了。我让它们复活在高大的煤仓上、长满荒草的调度室墙上、食堂上、澡堂上、家属楼上、小卖部上、库房上、瓦斯气罐上、工人文化宫上。这一夜，被深埋了几亿年的地下森林在白雪与废墟间悄然复活了，复活的森林里居然也有虫鸣鸟叫，松树下也有银盘，橡树上也长着木耳，山梨花盛开的时候就像一支燃烧的蜡烛，足以把周边几里地全都照亮，红桦和白桦衣衫褴褛地相拥在一起，金雕在远处优雅地滑翔，"花牵树得木"叮叮当当地敲着树干，那种叫"沙和尚"的鸟儿则在森林里到处游走说评书，就差手里没拿个快板了，它热衷于讲述它在森林里目睹的一个又一个秘密，有些秘密已经腐烂已经消失了，但它仍然是曾经唯一的目击者。

我写了整整一夜，当矿灯耗尽最后一点电的时候，东方孵出了一片金红色的朝霞，天就要亮了，那些早起的老人们就要出门晨练或买菜了。我悄悄放下油漆桶和刷子，然后，伪装成一个早起晨练的人，在煤城里到处晃悠。我看到那些鲜红的诗行正猎猎燃烧在黑色的废墟上，燃烧在尚未化尽的积雪上，黑白红构筑起了一个最原始最触目惊心的世界，那些诗行飘荡在荒凉的废墟之间，竟有一种野逸之美。

早起的人们看到这些一夜长出来的诗行都难免吓一跳，但他们也就稍微驻足一下，并不多做停留就过去了，毕竟，那些红色的诗行不能换钱。我最希望的是，那个人能看到它们，所有这些血红色的诗行都只为他一个人而写。

直到中午时分，我忽然想起来一个地方，那个地方一定是他曾不止一次去过的，应该在那里留一首诗，或许他会看到。我便又提着油漆桶拿着刷子去了图书馆。在刚走进那个沉船般死寂阴森的大房间时，我就看到，有个人坐在地上，靠着书架，正安静地看一本书。他看得过于专注了些，以至于我刚进去的时候，他都没有听到我的脚步声，在他忽然听到脚步声的一瞬间，立刻从地上

弹了起来。他站在背光的地方,我看不清他的脸,只能看到他一个大致的轮廓,我看到,他头上戴着一顶帽子,那应该是一顶普通的棒球帽。他站在那里,只默默地看了我一眼,便转身躲到了书架后面。等我追过去的时候,他已经不见了。我这才发现,这个图书馆还有个隐蔽不起眼的后门,他是从后门离开了。

这时候,阳光更多地涌进来,打在对面的那面墙上,我看到灰白色的墙上似乎写着些什么,便走过去细看,是一首用炭石写上去的诗。

《致梁帅》

地上的一千个梁帅

和地下的一千个梁帅

无论哪个梁帅先复活,都是一样的

无论哪个梁帅先死去

剩下的九百九十九个都在替他活着

就算他早已躺在地下的森林里

林中的花妖和树精一直为他跳舞

树干里流尽绿色的血液

柿子熬成了血迹斑斑

金色的蜂蜜来自小熊星座

林中的猛虎成为他的坐骑

他在黑森林里游历了八年

无数次遇见梁帅

那个已经死去很久却以为自己还活着的梁帅

甚至笑着和他招手

"他在黑森林里游历了八年"。正是在八年前,张云飞殒命于井底,同时,梁帅失踪。却没有人想到,只要把棋盘上的黑子和白子调换一下,就是,正是在八年前,梁帅殒命于井底,同时,张云飞失踪。

我觉得我也应该给他写首诗,但我不会,便用油漆在那面墙上写了一首我喜欢的

诗，那首诗是一个叫张二棍的诗人写的。

《独行记》

既不能尾随一只受惊的昏鸦，返回到

冷峻的树梢上。也不能随一头

迟缓的老牛，返回到四处漏风的栅栏中

天就快黑了，田野里只剩下我

踉跄独行。我是一团

跌跌撞撞的鬼火，来人间省亲

却一步也不敢，在灯火辉煌的地方

穿行。我怕亲人们，哭着辨认出我

更怕，他们说说笑笑，没有

一个人，认出我

我相信他一定还会回到这里的，一定会看到这首诗，因为，在这个被遗弃的角落里还流浪着如此之多的书籍和文字，这八年时间里,他一定无数次地来到过这个角落里,打捞起那些流浪的文字,和它们偎依在一起取暖。这首诗,就算是我写给他的信吧。

  第二天一早,我又去图书馆守着,想着能不能再次碰见他。我站在窗口久久看着外面,积雪又化了一些,白色愈发枯瘦,愈发萎缩,白色退去的地方再次长出了黑色,它从来就不曾远去,因为这是它的家园。那些红色的诗行依然在废墟间燃烧着,我不知道它们还能燃烧多久,不知道它们的火焰能否提醒得了那个诗人,是该离开的时候了。

  在图书馆一直守到快中午,都没有见他再来,我腹中饥饿,决定先去田螺老太那里吃碗面。刚走出图书馆便听见砰的一声,一种很冷酷很恐怖的响声,不大像是煤炮的声音。与此同时,空气里忽然弥漫着一种不祥的气息,我循着响声传来的方向跑去。

  梁帅家的那栋楼前,有一圈人已经围在那里了,还有更多人正往过跑。我挤进人

群，看到了警察和警车，还看到楼前面的地上趴着一个戴帽子的人，脸朝下，雪地上流了一摊血。接着又看到了扛着电影机的小齐。小齐看到我，便挤过来，脸上又是惊惶又是得意，他趴在我耳边说，飞哥，今天这收获可不是一般的大，这根本就不需要演员啊。

原来，他今天一大早就来这里蹲点，蹲到上午的时候，那个戴帽子的人又出现在了他的摄影机里，并且又进了二单元的楼门。这次，他决定不再迟疑，赶紧报了警，说看到一个八年前失踪的矿工又露面了，并且这个矿工可能与山上的杀人案有关。警察便开着警车赶过来了，奇怪的是，听见警车响，那上楼的人都没有急着往出跑。后来那戴帽子的人终于出来了，他赶紧扛起机子，紧张地拍啊拍，这可真是要获大奖的电影啊。但出来的不是他一个人，他手里还有个小男孩做人质，如果这人真是梁帅，他居然拿自己的儿子做人质？不知他还从哪弄来一把枪，电影里的歹徒劫持了人质总要说点什么吧，比如让警察往后退，给他准备一辆逃跑的车等等。他倒够酷，一句话都不说，用枪指着小孩的头就要扣扳机，警察一看，得救小孩啊，就赶紧开枪了，枪法太好，一枪就把那人打死了。

我看到那个小胖孩正在一边手舞足蹈地和警察讲着什么，但他脸上看不到一丝恐惧，甚至很快乐。我便凑过去，只听他兴奋地说，这个叔叔我认识，昨天去我家里送过钱，今天上午他买了好吃的又去了我家里，说有个导演正在外面拍电影，叫我和他一起当演员，我说好啊，拍电影多好玩。他说已经有人扮演警察了，他来扮演坏人，让我演被绑架的小孩，因为我本来就是个小孩嘛。他就开始扮演坏人，拿起我的玩具枪指着我，让我和他一起去外面去。下了楼，我真的看到有人扛着摄影机在拍电影，他小声对

我说，电影开始了。然后就用玩具枪指着我的头，扮演警察的叔叔就向他开枪，他就假装被打死了，他演得挺像的。

我明白了，他跟踪过我，一定不止一次地看到我和小齐扛着摄影机到处晃荡，便以为，我还在拍电影。当他什么都做不了的时候，他决定在我的新电影里当一次演员，演绎一次真正的死亡。这是他最后能送给我的。

直到那具尸体被抬走，我都没有走过去，去辨认一下那张脸，因为我知道，这不是张云飞所希望的，他只希望，他是这部电影里的一个角色。站在一旁的小齐也没有走过去，不但没过去，还放下了电影机。我用一种凶狠的近于挑衅的声音高声质问他，你不是拍电影吗？你不是要获奖吗？怎么不过去拍？怎么不拍一下这张脸到底长什么样？

他诧异地看了我一眼，继而用平静到冷

酷的声音说，因为，这部电影里根本不需要这张真正的脸出现。

这件事情之后我就把老屋再次锁上，离开煤城，流浪了一段日子之后，最终去了西北一座小城市，在那找了份工作。我租房子的小区在节假日的时候总会放一场露天电影，去看的一般都是小孩子，鲜有大人再看这种露天电影，都在家里刷手机了。而我每次都搬一只小板凳坐在银幕前，从头看到尾，就像我小时候那样。

有一天晚上，我已经关掉灯准备睡觉了，忽然接到小齐一个电话，他在电话里简单寒暄了几句，然后便告诉我，他也不在煤城了，最后还是回北京了，又说起我离开煤城之前的那起劫持案，说那个被当场击毙的劫犯根本不是梁帅，而是一个叫张云飞的矿工。就是跟着这起案子，煤城的那起杀人案也破了，因为杀人的也是张云飞。原来，当年死于瓦斯爆炸的根本不是那个叫

张云飞的，是梁帅，他俩是好哥们儿，那天下井前张云飞忽然闹肚子，就临时让梁帅替他下井了，结果瓦斯爆炸，那个班集体死在了井下，没有人知道那天下井的其实是梁帅，都以为是张云飞。发生了矿难都有赔偿，为了给家人留下一笔巨额赔偿金，张云飞从此假死，而梁帅成了失踪，没拿到一分钱赔偿金。出于对梁帅的愧疚，在八年时间里张云飞一直在接济梁帅的老婆和儿子。后来他之所以要在山上杀死那个矿工，是因为他们以前是同事，那个矿工认出了张云飞，他知道张云飞并没有死于当年的瓦斯爆炸，而是白得了两百万的赔偿金，便趁机勒索他。

末了他又补充道，就是有一点我一直想不明白，那个叫张云飞的最后死得有点奇怪哪，他手里拿的居然是一把小孩子的玩具枪，那不就是去送死嘛。

我没有问他电影的后期制作怎么样了，

有没有获奖之类。只轻轻"哦"了一声,便在黑暗中挂断了电话。

(文中除《致梁帅》和《独行记》之外的诗歌均出自诗人榆木的诗集《矿山笔记》)